Ihren Menschen stehlen

Eine Cyborg-Ménage-Romanze

Monrok-Krieger-Reihe
Buch 1

Aubrey Cara

Übersetzt von
Franzisksa Humphrey

 Erstellt mit Vellum

Inhalt

HOLEN SIE SICH IHR KOSTENLOSES BUCH!

Tragen Sie sich in meine E-Mail Liste ein, um als erstes von Neuerscheinungen, kostenlosen Büchern, Sonderpreisen und anderen Zugaben zu erfahren.

https://geni.us/jungfrauunddervampir

Kapitel Eins

ALLYSON

Manche Menschen wachen allmählich auf. Sie bleiben in ihren Betten liegen und lassen das hereinströmende Licht in ihr Gehirn eindringen, bis sie nicht länger leugnen können, dass sie sich dem Tag stellen müssen.

So war ich noch nie. Ich reiße die Augen auf, sobald ich wach bin, muss aufstehen und aktiv werden. Dies ist das erste Mal, dass ich im Bett liege und diese Verleugnungsroutine erlebe.

Bin ich überhaupt wach?

Ich bin ganz sicher nicht in meinem Bett.

Das Zimmer ist weiß und kantig. Es ist definitiv nicht meins. Auch nicht die weiche gelartige Matte, auf der ich liege. Die Beleuchtung ist gedämpft und es gibt einen schwachen Schein, der das Gefühl von Nacht vermittelt. Ich versuche, nicht auszuflippen. Ich schaue an mir hinunter und taste mich ab. Ich trage dieselbe Jeans und dasselbe T-Shirt, die ich zuvor angezogen habe. Ich zerbreche mir den Kopf und versuche, mich zu erinnern, wo ich zuletzt war. Vielleicht in meiner Wohnung? Bin ich eingeschlafen?

So dumm es auch klingen mag, ich fühle mich wach. Dennoch ist dies der seltsamste Traum, den ich je hatte.

Es gibt in diesem merkwürdigen Raum keine Tür, nur eine offene Wand. Ein glühendes Licht schimmert in der Distanz, aber ich kann trotzdem auf die andere Seite sehen. Dort befindet sich, natürlich, eine weitere weiße Wand. Ich stehe auf und gehe zu der Öffnung hinüber. Je näher ich komme, desto deutlicher höre ich ein Summen.

Als ich eine Hand ausstrecke, zischt etwas an meinem Finger, ähnlich wie bei einer statischen Ladung. Ich ziehe meine Hand zurück, um sie zu reiben und den Schmerz abzuschütteln.

„Hallo?" Meine Stimme zittert vor Nervosität. Ich komme mir vor wie das Mädchen in einem Horrorfilm. Ich klopfe an die Wand neben mir und spreche lauter. „Hallo? Ist da jemand?"

Es kommt keine Antwort. Es gibt nur dieses unheimliche Summen der elektrischen Türöffnung. Ich suche den Raum nach Videoüberwachung ab. Werde ich in diesem Moment vielleicht beobachtet? Eiskalte Schauer der Panik kribbeln meinen Rücken hinauf. Ich atme tief ein und versuche, mich zu beruhigen und die Situation einzuschätzen. Mir fällt keine gute Erklärung dafür ein, dass ich ganz allein an einem Ort wie diesem aufgewacht bin. Es muss einen Weg nach draußen geben und der führt möglicherweise durch die Schimmerwand. Ich bin mir nicht sicher, ob die elektrische Ladung stark genug ist, um mich aufzuhalten, wenn ich versuche, sie gewaltsam zu durchbrechen, aber es gibt nur einen Weg, um das herauszufinden.

Ich trete ein paar Schritte zurück. Der Raum ist nicht

groß, also stehe ich auf der Matte und mit dem Rücken zur Wand. Ich nehme Anlauf und springe auf die Öffnung zu.

Mit einem schmerzhaften Ruck verkrampft sich jeder Muskel in meinem Körper. Leuchtend wie ein Weihnachtsbaum werde ich rückwärts durch den kleinen Raum geschleudert. Mit einem dumpfen Aufprall schlage ich gegen die gegenüberliegende Wand und rutsche mit dröhnenden Ohren auf die Matte hinunter. Jeder Nerv in meinem Körper steht in Flammen und ist von Qualen geplagt. Es ist, als würden mich hunderte Armeeameisen gleichzeitig beißen.

Keuchend lasse ich mich auf den Rücken fallen und warte, bis der Schmerz nachlässt. Ich nehme meine Umgebung erneut in Augenschein. Dies ist kein Traum. Ich werde gefangen gehalten. Und der sadistische Drecksack hat mich in der Falle.

In meinem Kopf kreisen Gedanken um Implikationen und psychologische Horrorfilmszenen, keine davon gut. Die Möglichkeiten von Schmerz und Folter sind endlos.

Panik schnürt mir die Kehle zu und erschwert mir das Atmen. Ich versuche, mich zu beruhigen. Zu atmen. Es funktioniert nicht.

Warum zum Teufel sollte mich jemand entführen? Wer würde mich entführen? Ich bin doch nur eine zwanzigjährige Kellnerin aus Iowa. Niemand schert sich einen Dreck um mich.

Meine Eltern starben, als ich sechzehn war, und ich bin seitdem auf mich allein gestellt. Für kurze Zeit lebte ich bei meiner Tante, aber ihr Mann war zudringlich und sie hatte ein geringes Selbstwertgefühl. Als ich meine Sachen nahm und ging, war sie eher erleichtert als besorgt. Abgesehen von meinem Ex-Freund, meinem Chef und den Mitarbeitern im Diner weiß niemand, dass es mich gibt.

Scheiße. Vielleicht wurde ich deshalb geschnappt. Niemand weiß, dass ich existiere.

Es gibt Filme über diese Art von Entführungen. Die, von denen man in den Nachrichten hört und denkt, dass sie einem selbst nie passieren könnten. Es zahlt sich nie aus, ein Einzelgänger zu sein. Dies könnte der Hightech-Keller des Hauses eines sadistischen Arschlochs sein. Ich könnte hier für Jahre, vielleicht sogar Jahrzehnte, festgehalten werden, bevor mich jemand findet.

Ich kämpfe gegen die Flut der Hilflosigkeit an, die mich zu übermannen droht. Die Einzigen, die entkommen, sind diejenigen, die es immer weiter versuchen. Ich muss einen Weg finden, es zu schaffen. Als meine Eltern starben, fühlte ich mich wie ausgehöhlt und hatte Todesangst. Mit gebrochenem Herzen und so allein. Aber ich habe überlebt.

Ich kann das hier auch überleben.

Nein, ich werde es überleben.

Ich weiß nicht, womit ich es so tun habe, aber ich werde von hier verschwinden.

Voller Entschlossenheit oder Wahnsinn, stehe ich auf und stähle mein Rückgrat. Lieber bringe ich mich bei einem Fluchtversuch um, als dass ich mich wochenlang, monatelang ... oder gar jahrelang quäle.

Wie ein kampfbereiter Krieger aus der Vergangenheit stoße ich einen Urschrei aus. Ich renne los und schleudere mich gegen die Schimmerwand. Der Schmerz packt mich und schleudert mich zurück.

Scheiße. Ich wälze mich auf dem Boden und ringe nach Luft.

Der stechende Geruch meines eigenen Urins steigt in meine Nase, bevor ich die verräterischen Anzeichen spüre. Ich habe mich vollgepinkelt. Meine Hose ist durchnässt, aber es ist mir egal. Als ich wieder atmen kann, stehe ich erneut auf. Meine Beine sind wie Gummi.

Mein ganzer Körper wehrt sich dagegen, aber ich versuche es erneut.

Beim dritten Mal rieche ich mein verbrennendes Haar, als ich ohnmächtig werde.

* * *

Erschöpft komme ich zu mir und stolpere mithilfe eines halb nackten Mannes einen Gang hinunter. Bei jedem Schritt schießt schärferer Schmerz durch meine Beine. Der Boden ist metallisch und kalt unter meinen mit Strümpfen bekleideten Füßen. Der Mann, der mir hilft, ist wohlgeformt, glatzköpfig und blau.

Eine schöne, schillernde, blaugrüne Farbe.

Auf. Seiner. Haut.

Ich blinzle mit verwirrten Gedanken, aber er ist immer noch da. Immer noch in dieser Farbe. Ich lecke an meinem Finger und reibe ihn über seine Haut, um die Farbe zu entfernen. Erst dann schaut er auf mich herab.

Nun, Scheiße.

Seine Augen sind tiefschwarze, abgeschrägte Sphären und nicht menschlich. Überhaupt nicht menschlich. Seine Nase ist fast flach und hat nur Schlitze als Nasenlöcher. Er ist einen ganzen Kopf größer als ich und trägt eine seidige, fließende Hose, aber kein Hemd. Jetzt, da ich genauer hinsehe, erkenne ich auch keine Brustwarzen.

Scheiße, scheiße, scheiße, scheiße. Ich bin nicht annähernd wach genug, um das jetzt zu verarbeiten. Wäre da nicht sein brutaler Griff um meinen Arm, würde ich wieder denken, dass ich träume.

Eine Tür auf dem Gang gleitet auf und ich werde

hindurchgezogen. Ich muss mich anstrengen, Schritt zu halten. Der Raum riecht steril wie in einem Krankenhaus. In der Mitte des Raums steht ein seltsamer Tisch, aber instinktiv weiß ich, was das ist.

Ein Untersuchungstisch.

Angst durchzuckt mich. Jegliche erschöpfte Desorientierung verschwindet. Die Schmerzen kommen wieder. Tatsächlich war ich in meinem Leben noch nie so wach. Adrenalin packt mich. Es ist an der Zeit, durchzudrehen. Ich stürze mich auf meinen Geiselnehmer und kämpfe zum ersten Mal. Ich bin schwach, denn mein Körper schmerzt von meiner Begegnung mit der elektrischen Wand, aber ich habe die Panik auf meiner Seite. Sie macht mich stark. Nur nicht stark genug.

Weitere blaue Hände reißen an meiner Kleidung und ziehen mich aus. In hilfloser Frustration schreie und strample ich, bis mir der letzte Rest von Sittsamkeit weggerissen wird. Nackt werde ich kurzerhand in eine Öffnung von der Größe eines kleinen Schranks geschoben. Ich habe keine Zeit, mich zu fragen, wo ich bin, bevor sich die Wand vor mir verschließt.

Ich sitze in der Falle. Eingesperrt.

Schreiend schlage ich gegen die Wand, als mich ein feiner, beißend riechender Nebel von Kopf bis Fuß einhüllt. Ich schließe die Augen und bin kurzzeitig geblendet. Der Nebel füllt meinen Mund und meine Nase. Ich schlucke und huste und ringe nach Atem. Der Dunst verbrennt meine Haut. Schrecken packt mich. Ich hämmere gegen die Wände.

Ein weiterer Nebel bedeckt mich. Dieser ist öliger und beruhigt meine schmerzende Haut. Er hat einen angenehm frischen Duft, aber er besänftigt mich nicht. Ich werde von allen Seiten mit Luft angeblasen. Es ist so intensiv, dass ich nicht einmal zum Schreien Luft holen kann.

Keuchend schrubbe ich mir über das Gesicht, als alles abrupt aufhört. „Lasst mich raus!" Ich öffne blinzelnd die Augen und werde von hellem Licht geblendet. Eine Öffnung erscheint.

Zwei blaue Männer mit nackten Oberkörpern packen mich. Ihre grausamen Hände reißen mich aus der Nische. Ich stolpere und wehre mich gegen ihren Griff. Der Untersuchungstisch wurde neu eingestellt, um eine Art keilartiges Sexkissen zu formen. Er besteht aus vier Segmenten. Die beiden vorderen sind schräg nach oben gerichtet, das dritte zeigt gerade nach unten und bildet so einen Winkel. Das letzte Segment ist flach.

Ich wehre mich mit aller Kraft, aber es gelingt ihnen trotzdem, mich mit dem Gesicht nach unten auf die kalte Oberfläche zu manipulieren. Mein nackter Hintern ist in die Luft gestreckt. Ich wehre mich ernsthaft, als meine Oberschenkel in eine geöffnete Position gerissen werden. Fesseln ziehen sich über meinen Oberschenkeln, Waden und Handgelenken zusammen.

Ein Ton puren Horrors zerreißt meine Kehle und hallt in meinen Ohren nach. Tränen der Frustration und der Angst laufen mir bis zum Haaransatz hinunter. Ich bin ein schluchzendes, schreiendes Chaos. Unfähig mich zu bewegen, winde ich mich, aber es nützt nichts. Die Fesseln sind gepolstert, aber fest genug, um keine Bewegung zuzulassen.

Aus den Augenwinkeln sehe ich eine weitere Gestalt den Raum betreten. Er hat so viel Anmut, dass er zu schweben scheint. Das seidige, kimonoartige Gewand, das er trägt, passt zu seinem blaugrünen Hautton, es ist jedoch mit goldenen Mustern durchzogen.

Im Gegensatz zu dem Mann, der mich hierhergebracht

hat, sind seine Augen von einem verblüffenden, strahlenden Grün. Er hat auch Haare. Das pechschwarze Haar beginnt oben auf seinem Kopf und fällt bis zum unteren Rücken hinunter, wo es in Segmenten zu einem langen Schwanz zusammengeknotet ist.

Obwohl es mich fasziniert, ist sein Gesicht emotionslos, als er auf mich zukommt.

Mein Körper verspannt sich und mein Magen zieht sich zu einem Knoten der Übelkeit zusammen. Ein Zittern durchfährt mich. Ich weiß nicht, ob vor Schock oder vor Angst.

„Das ist also das neue menschliche Weibchen, das wir akquiriert haben?", fragt er und streicht mit einer knochigen Hand über meine Lenden. Ich zucke zurück, aber er scheint es nicht zu bemerken.

Erst als einer der Männer, die mich hereingebracht haben, ihm antwortet, bemerke ich ihr Stimmengewirr. Oder besser gesagt ihre Sprache. Sie sprechen meine Sprache nicht und doch verstehe ich ihre Worte perfekt.

Er stellt sich neben meinen Kopf und fragt: „Kannst du mich verstehen, Mensch?"

Zitternd gelingt es mir nicht, meine Stimmbänder zum Funktionieren zu bringen. Ich blinzle ihn an, während weitere Tränen aus meinen Augen strömen.

Mit einem nicht übersetzbaren Befehl streckt der Mann in der Robe seine Hand aus. Er nimmt ein dünnes Röhrchen und drückt es an meinen Arm.

Nach einem Nadelstich beginnt die rohe Angst, die mich überwältigt hat, zu verschwinden. Ein träges Gefühl durchströmt mich.

Er hat mich betäubt.

Auch wenn sich mein rasendes Herz beruhigt, erinnert

mich eine kleine Stimme im Hinterkopf daran, dass ich eigentlich ausflippen sollte.

Meine Gedanken sind zerstreut. Die Stimmen um mich herum hallen in einem dichten Nebel. Mein Körper fängt an, unangenehm zu kribbeln, und ich möchte mich winden. Die Droge, die sie mir gegeben haben, lässt mich erregt fühlen. Als ich spüre, wie die Hitze in meinem Körper ansteigt, fange ich ernsthaft an zu weinen.

Es dauert einige Augenblicke, bevor der Mann in der Robe wieder vor mir erscheint. „Wie ich sehe, ist sie kontaminiert. Das ist gut. Öffne deinen Mund, Mensch." Seine Stimme ist hypnotisierend.

Ohne nachzudenken, schniefe ich und öffne den Mund.

„Ausgezeichnet. Der Übersetzer funktioniert", sagt er, während er mit den Fingern über meine Zähne streicht.

Ich bin außer mir, als er meinen Mund mit einem Daumen auf der Zunge und Fingern unter meinem Kinn offenhält. Er dreht meinen Kopf hin und her und leuchtet mir mit einer Taschenlampe in den Rachen. Er lehnt sich während seiner Inspektion ganz nah heran. Sein unnatürlicher Geruch ist auf dunkle Weise verführerisch und lässt meinen nackten Körper kribbeln. Meine Brustwarzen ziehen sich zusammen und ich wimmere, als mein Körper auf ihn reagiert.

„Sie reagiert auf die Pheromone. Macht eine Notiz." Er richtet sich auf und sieht mich leidenschaftslos an. „Bringt sie in eine orthostatische Position."

Die Männer lassen mich los, aber ich bin immer noch gefesselt. Die Fesseln sind nicht mit dem Tisch verbunden. Sie müssen elektromagnetisch oder so etwas sein. Sie richten mich auf, die Arme über dem Kopf ausgestreckt und die Beine weiter als schulterbreit gespreizt. Mit einem

Klicken rasten die Fesseln in der Position ein, in die sie mich gedrängt haben.

Eine verräterische Nässe an meinen Oberschenkeln lässt mich zusammenzucken. Ich hasse es, dass sie mich betäubt haben, aber es hat die blendende Panik abklingen lassen. Mein Verstand ist immer noch träge, die Reaktion meines Körpers ein Verrat.

„Wie lange b-bin ich schon hier? Was w-wollt ihr von mir?" Meine Worte klingen wie betrunken und es fällt mir schwer, den Kopf hochzuhalten.

Die Lippen des Mannes in der Robe verziehen sich zu einem krankmachenden Lächeln, aber er sagt nichts. Er zupft mit einem angewiderten Gesichtsausdruck an meinem Schamhaar. „Verändert die Follikelhöhlen über ihrer Scheide und an ihrem Körper mit geeigneten sensorischen Rezeptoren, die etwaige Krankheitserreger abblocken werden." Er mustert mich einen Moment lang. „Macht das bei allen Weibchen so. Wir wollen nicht, dass sie für Krankheiten anfällig sind."

Er wandert mit seinen dünnen Händen hinunter zu meiner Hüfte und wieder hinauf zu meinen Brüsten, wo er meine Brustwarzen fest zusammendrückt. Ich quietsche und reiße an meinen Fesseln herum, weil ich seine grausamen Hände wegschlagen will, obwohl sich mein Geschlecht zusammenzieht.

Er zieht etwas aus seiner Tasche. Einen dünnen, flachen Lederstreifen, der nicht länger ist als seine Hand. Mit einer scharfen Bewegung aus dem Handgelenk schlägt er mir damit ins Gesicht. Ich schnappe nach Luft. Noch mehr Tränen brennen in meinen Augen, dieses Mal vor Schreck und Schmerz. Meine Wange pulsiert.

„Benimm dich, Mensch." Seine Stimme ist ruhig, aber autoritär.

Trotz des Beruhigungsmittels brennt Zorn in meiner Brust. Ich verziehe die Lippen zu einer meuternden Linie.

Seine desinteressierte Miene schwindet. Jetzt ist er deutlich verärgert. „Dein Trotz zeigt sich, Mensch."

In meinem Kopf schreie ich: *Das ist mir scheißegal.* Aber mein Selbsterhaltungstrieb überwiegt. Ich wende meinen Blick von ihm ab, mein Körper zittert erneut. Ein Fieber hat mich erfasst und verursacht einen hohlen, sehnsüchtigen Schmerz zwischen meinen Beinen. Mein Kopf ist schwer.

„Ich bin Prinz Kaihan von den Zapex", sagt er beiläufig, als wäre dies eine ganz normale Sprechstunde in einer Arztpraxis. „Ich habe die Männchen eurer Spezies eine ganze Weile lang studiert. Du, Weibchen, wirst als die erste deiner Art in die Geschichte eingehen, die erfolgreich mit unseren Monrok gekreuzt wird." Seine Augen leuchten triumphierend auf.

Deshalb hat er mir die Drogen gegeben, die meinen Körper dazu bringen, mich zu verraten. Ich werde gleich von Außerirdischen geschwängert werden. Aber welche Art von Außerirdischen? Was hat er gesagt? Moonrocks? Munrocks? Was?

Ich bin kein Versuchskaninchen, möchte ich schreien. *Ich bin ein Mensch* ... Und das bedeutet hier nichts.

Er zieht zwei schwarze Noppen heraus und drückt eine wie einen Saugnapf auf meine rechte Brustwarze. Ein Blitz schießt durch mich hindurch. Meine Brust pulsiert.

„Wir hoffen, dass dies die frühe Milchproduktion anregen wird."

Ich schaue auf die kleine schwarze Kapsel hinunter. Sie ist nicht größer als ein Fingerhut und klebt an meiner Brustwarze. Alle paar Sekunden ist es, als würde ein elektrischer Funke überspringen, der jeden Nerv in meinem Körper schmerzhaft zum Leben erweckt. Er befestigt die andere Noppe an meiner linken Brustwarze.

Ich wimmere erneut und versuche nicht einmal, meine Reaktion zurückzuhalten. Meine Brüste schwellen an und pochen.

Ein Schauer breitet sich in meinem Bauch aus und schießt hinunter in meine Klitoris. Entsetzliche feuchte Hitze strömt aus mir heraus.

„Bitte, nein", wimmere ich. „Lasst mich gehen." Ich wehre mich, reiße meine Arme herum und versuche, mit den Beinen zu strampeln. Aber es nützt nichts.

„Du wirst still sein", befiehlt er. Er zieht den Riemen wieder heraus und schlägt blitzschnell zu, dieses Mal doppelt so fest.

Sterne tanzen vor meinen Augen. Jeder Muskel in meinem Körper erstarrt vor Schreck, meine Wange pulsiert erneut.

Zufrieden mit meinem Gehorsam lehnt er sich zurück und neigt den Kopf. „Interessant", sagt er, als wüsste er, was mit meinem Körper geschieht. „Bringt sie wieder in Position."

Meine Fesseln sind zwar immer noch da, werden jedoch gelöst.

Ich versuche, mich aus ihrem Griff zu befreien. Ich bin mir nicht sicher, wohin ich gehen würde. Jetzt ist mir klar, dass ich mich auf einer Art Raumschiff befinden muss. Aber es spielt keine Rolle. Sie bringen mich wieder in die verletzliche, ungeschützte Position. Ich schreie auf, als meine überempfindlichen Brüste unter meinem eigenen Gewicht zusammengedrückt werden.

Als ich über die Schulter blicke, sehe ich, dass der

Drecksack gummiartige Handschuhe anzieht und etwas in die Hand gedrückt bekommt, das ich zunächst nicht erkenne. Dann wird mir bewusst, dass es ein Spekulum ist. Mein Magen dreht sich um.

Er steht neben meiner Hüfte und drückt mir eine große Hand aufs Kreuz. Mit einem zischenden Geräusch, als sei ich irgendein Nutztier, das er nicht erschrecken will, dringt er mit der kalten Klemme in meinen Scheideneingang ein. Die Empfindungen der Noppen an meinen Brustwarzen haben mich demütigend feucht gemacht und erleichtern ihm den Weg.

Als die Klemme sitzt, spreizt er sie auf und dehnt mich unangenehm.

Tränen strömen bei diesem Eindringen über mein Gesicht. Wimmernd versuche ich trotz der Fesseln, die mich halten, von ihm wegzurutschen. Mit seiner freien Hand schlägt er mir mit stechender Heftigkeit auf den nackten Hintern.

Trotz meines Unbehagens krampft sich mein Geschlecht bei seinem Schlag zusammen. Mein Gesicht steht in Flammen, als ich neue Erregung verspüre. Seine Berührung ist so klinisch wie die eines Gynäkologen, aber mein Körper reagiert, als wäre es alles andere als das. Etwas kratzt tief in mir und mein Unterleib verkrampft sich. Er nimmt Proben.

Ich erschaudere bei dem glitschigen Geräusch, das meinem Geschlecht entspringt, als er die Klemme entfernt, nur um seine unnachgiebigen Finger in mich zu rammen. Er zieht sie heraus und schiebt sie wieder hinein. „Interessant."

Er stößt mit seinen Fingern rein und raus. Ich knirsche mit den Zähnen und verberge mein Gesicht vor Scham.

Erregung strömt aus meinem Innersten, während er mich untersucht.

„Ruft die Monrok. Das Weibchen ist für die Paarung bereit."

Er zieht sich seinen Handschuh aus, stellt sich neben meinen Kopf und streichelt mein Haar, als wäre ich ein gutes Haustier.

Es ist zu viel. Knurrend drehe ich den Kopf und beiße so fest zu, wie ich kann.

Er schreit auf und sein Gesicht verzieht sich vor Wut. Dieses Mal schlägt er mich mit der Faust.

Schmerz explodiert in meinem Gesicht. Meine Ohren rauschen. Aber ein Schimmer der Genugtuung breitet sich in mir aus. Seine Hand trägt jetzt meine Zahnabdrücke.

„Dreckiger, ungezähmter Mensch. Du wirst lernen, dass Widerspenstigkeit nicht geduldet wird. Bringt mir die Peitsche." Das letzte Wort knurrt er über seine Schulter.

Das Wort, das er für *Peitsche* benutzt, ist ein anderes, aber die Übersetzung schießt mir durch den Kopf.

Mein Magen verkrampft sich zu einem widerlichen Knoten. Reue durchzuckt mich. Was habe ich getan?

Als einer seiner großen blauen Helfer etwas bringt, das wie eine elektrische Riemenpeitsche aussieht, fange ich an zu zittern. Die Quasten leuchten lila. Das Geräusch, das von ihr ausgeht, ist genau wie die Schimmerwand des Zimmers, in dem ich aufgewacht bin.

„Nein, nein. Keine Peitsche. Es tut mir leid. Ich werde brav sein." Ich erhebe die Stimme in Panik. „Ich verspreche, ich werde brav sein! Ich verspreche es!"

Das höhnische Lachen des Prinzen, als er die Peitsche nimmt, lässt mich bis auf die Knochen erschaudern.

Mein Flehen wird zu Geschrei, als die Peitsche mit

kreischender Wucht zuschlägt und mich mit quälendem Strom durchzuckt. Wieder und wieder.

Ich zucke beim zischenden Geräusch der Peitsche, kurz bevor sie mich trifft, zusammen. Es brennt. Verbrennt mich wie Flammen. Ich empfinde keine Erregung bei diesem Schmerz. Nur Qualen.

Jeder Muskel spannt sich an. Schreie strömen aus meiner Kehle.

Es hört nicht auf.

Ist meine Haut aufgeplatzt?

Ich kann nicht hierbleiben. Nicht in diesem Körper. Mein Geist schaltet sich ab, als ich dem Schmerz entfliehe.

Ein weißer Schleier füllt meine Sicht, bevor alles schwarz wird.

* * *

Es gibt kein Zeitgefühl, denn ich treibe an einem Ort, an dem mich nichts berühren kann. Ich habe keine Ahnung, wie lange ich ohnmächtig bin. Blaue Männer kümmern sich um mich. Sie reiben mich mit Cremes ein, die meine Haut betäuben. Sie geben mir Injektionen, die mir den Schmerz nehmen, mich jedoch bedürftig machen.

Eine hohle Sehnsucht hat sich wieder zwischen meinen Schenkeln breitgemacht, aber dieses Mal ist mein Geist verwirrt. Ich versuche, zur Oberfläche meines Bewusstseins zu schwimmen, nur um dann wieder in tiefe Gewässer gesogen zu werden. Ich nehme verschwommen wahr, wie sich Männer im Raum bewegen. Sie thronen über mir. Sie streicheln mich.

Ihre Stimmen umspülen mich wie eine sanfte Flut, männlich und tief.

Feuchte Hitze fließt durch mein Innerstes. Umkreist

meine Klitoris. Ich schnappe nach Luft und stöhne bei ihren Berührungen. Ich möchte um mehr betteln. Um mehr flehen. Aber es ist nicht genug. Ein Fieber des Verlangens tobt in mir. Aber der Nebel, der mich erfasst, zieht mich wieder nach unten.

Kapitel Zwei

CAL

Die Menschenernte hat begonnen. Meine Kybernetik verlangsamt mein rasendes Herz auf natürliche Weise, während Kein und ich über der Frau im medizinischen Untersuchungsraum stehen. Ihr Haar, das die Haarfarbe von Mondstrahlen hat, ist wie ein Fächer um ihren Kopf herum ausgebreitet und verdeckt ihr Gesicht. Aber ihr Körper vor uns ist nackt. Sie hat einen schlanken Rücken, aber einen runden, wohlgeformten Hintern.

Sie ist so klein; ich frage mich, ob sie uns in sich aufnehmen kann. Prinz Kaihan hat uns bereits informiert: „Sie wird durch Dominanz und Schmerz stimuliert, aber nicht zu viel Schmerz."

Anhand der Striemen an ihren Flanken und der Schreie, die wir vorhin gehört haben, wissen wir bereits, wie Kaihan zu dieser Erkenntnis gekommen ist.

Mein Bruder Kein und ich wurden auserwählt, uns fortzupflanzen. Obwohl wir nicht offiziell darüber informiert wurden, wissen wir, dass die Zapex planen, unsere Nachkommen wegzunehmen und zu Sklaven und Soldaten zu machen. Wir sind Monrok. Als Menschen geboren und zu dem gemacht, was wir jetzt sind. Kybernetisch verbesserte Wesen mit Quantencomputerfähigkeiten, Körpern, die extreme Temperaturen standhalten können, und Waffen an unseren Fingerspitzen.

Wir sind Kampfmaschinen.

Wir sind Sklaven.

Aber sobald die Zapex viele Menschenfrauen gesammelt haben, wird sich das alles ändern. Wir Monrok haben unsere eigenen Pläne. Wir haben Zugang zu allen Zapex-Datenbanken. Sie mögen uns erschaffen haben, aber selbst sie wissen nicht, wie fortgeschritten wir sind. Wozu wir fähig sind.

Sie werden es herausfinden.

Aber vorerst werden wir ihnen erlauben, uns wie die irdischen Höllenhunde, für die sie uns halten, zu verpaaren.

Keiner von uns hat jemals ein menschliches Weibchen in natura gesehen, aber wir wissen, was Paarung ist. Wir haben in einigen rudimentären Videos, die Zapex-Forscher von der Erde geholt haben, Darstellungen davon gesehen. Einige Monrok sind zum Prostitutions- und Handelsmond Ak'ba gereist und haben mit anderen Spezies der Jun'pn-Galaxy gefickt, aber die meisten von uns finden die Vorstellung geschmacklos. Ich verstehe ihre Neugierde. Die Vorstellung, durch etwas anderes als unsere eigenen Hände Erlösung zu finden, ist verlockend. Mehr als verlockend, wenn man auserwählt wird, sich mit einem menschlichen Weibchen zu verpaaren.

Es ist aufregend.

Kein ist genauso versteinert wie ich, während wir sie

studieren. Ihre zarte, gerundete Form ist mehr als anziehend.

„Ihr Duft erweckt meinen Lebensbringer", sagt er.

Meinen auch. Mein Schwanz spannt sich in der engen Hose. Ich möchte ihn herauslassen und in sie eindringen. Kein und ich haben uns schon darauf geeinigt, dass ich es zuerst tun werde. Wir müssen beweisen, dass wir in der Lage sind, die Menschenfrau während des Paarungsrituals nicht innerlich zu verletzen. Nur dann werden wir unbegrenzten Zugang zu ihr bekommen.

Ich hasse es, dass unsere erste Paarung von Kaihan beobachtet werden wird. Ich weiß, dass er auch jetzt den Datenstrom der Sensoren beobachtet. Aber wir müssen uns seinem Diktat beugen, wenn wir das Weibchen als unser Eigentum behalten wollen, bis wir Monrok unsere Pläne in die Tat umsetzen können.

Ihr Inneres ist offen und auf einladende Weise freigelegt, wie eine *Ashwana*-Blume auf Alogoria. Rosa und blühend. Sie hat immer noch ein natürliches Fell um ihre Scheide, aber ich bezweifle, dass die Zapex ihr erlauben werden, ihre rudimentäre Bedeckung zu behalten. Ich streichle das drahtige, weiche Fell und genieße es, bevor es weg ist.

Ich beuge mich vor und atme ihr reichhaltiges Aroma ein. Der Duft durchströmt meinen Körper. Mein Lebensbringer schreit nach Aufmerksamkeit, aber ich möchte sie noch einmal schmecken. Ich stelle mich hinter sie und streiche mit meinen Händen über ihre Schenkel. Ich habe noch nie etwas so Weiches gespürt wie ihre seidige Haut.

Langsam beuge ich mich vor und fahre mit meiner Zunge an ihrer Öffnung entlang. Ich präge mir ihren Geschmack und Duft ein. Jetzt kann ich sie überall in der Galaxis finden. Ihr verführerischer Geruch ist leicht bitter, aber verlockend. Leckend und saugend gleite ich mit meinem Mund über ihre Muschi, um sie kennenzulernen. Ich genieße sie, bevor ich mich zurücklehne.

Kein beugt sich vor und probiert selbst. Ich atme ihren Moschusduft ein, der immer noch auf meiner Zunge liegt, und schaue gebannt zu, wie das Gleitmittel ihres Körpers aus ihr herausfließt.

„Wenn es alte Götter gäbe, würde ihr Nektar sicher so schmecken", sagt Kein. Ehrfurcht liegt in seiner Stimme, als er über ihre glitschige Öffnung streicht. „Ich glaube, sie ist bereit für dich, Bruder."

„Glaubst du, sie kann uns in sich aufnehmen?" Mir wird plötzlich bewusst, wie klein dieses Weibchen im Vergleich zu uns ist. Kein und ich sind beide fast zwei menschliche Meter groß. Breitschultrig bestehen wir aus ebenso vielen Muskeln wie Maschinen. Wenn wir sie verletzen, wird sie entweder zerstört oder geheilt und an einen anderen Monrok weitergegeben werden.

Unsere Chancen, uns mit einem anderen Menschen zu verpaaren, sind dann dahin.

„Wir müssen vorsichtig sein", sagt er und lässt seinen Blick nicht von ihrem Geschlecht gleiten.

Auch ich bin wie gebannt.

Ich zeichne kleine Kreise in die Feuchtigkeit auf ihrem Oberschenkel und fahre mit meinen Fingern leicht an ihrer Öffnung auf und ab, um ihr Gleitmittel zu verteilen. Ich spanne ihre inneren Schamlippen mit beiden Händen für unsere faszinierten Blicke weit auf. Ein harter kleiner Knubbel ragt aus den oberen Falten ihres Geschlechts hervor. Eine Klitoris. Wenn sie manipuliert wird, können menschliche Frauen durch dieses Organ Lust empfinden.

Neugierig halte ich sie offen und sauge sie in meinen Mund. Das Weibchen stöhnt, ähnlich wie die Weibchen in den menschlichen Paarungsvideos. Das Geräusch ist gedämpft, aber unüberhörbar. Es erfreut mich. Ich sauge sie wieder in meinen Mund und sie windet sich auf eine angenehme Art.

„Ich glaube, unser kleiner Mensch wird wach."

Monrok können die Gefühle anderer spüren. Es ist fast wie ein Duft in der Luft. Ich kann sowohl ihre Verwirrung als auch ihr Verlangen spüren. Ihre Hüfte zuckt und sie versucht, einen Rhythmus zu finden. Ich lehne mich zurück und bearbeite den Knubbel mit meinen Fingern. Ihre Scheide zieht sich rhythmisch zusammen, als ich meine Finger schneller bewege. Ich schiebe meine Zunge in sie hinein, weil ich ihren Puls an mir spüren will. Mein Schwanz bettelt um Aufmerksamkeit, als sie wimmert. Ihr Paarungssekret benetzt meine Zunge.

Ich reibe mein nasses Gesicht an ihren weichen Schenkeln. Sie wimmert über das Scheuern meiner Bartstoppeln, reibt sich jedoch an mir. Mein Schwanz pocht, als ich aufstehe und die Spitze ist bereits feucht, als ich ihn herausziehe.

Ich spüre, wie ihre Verwirrung in Angst umschlägt, und weiß, dass sie langsam erwacht. Wir wissen, dass die Menschen auf der modernen Erde ihres Paarungsrituale nicht so durchführen. Aber sie ist weit weg von der Erde und steht unter dem Kommando der Zapex. Sie mag es nicht verstehen, aber die Paarung mit ihr ist eine Gnade.

Langsam gleite ich in ihr enges Geschlecht und kämpfe gegen das Bedürfnis an, hineinzustoßen. Sie ist heiß, feucht und perfekt. Ich kann meinen Blick nicht von der Stelle abwenden, an der ich in ihr versinke. Ihre Öffnung ist weit über mir aufgespreizt. Ich kann ihren Schmerz, aber auch ihr Verlangen riechen.

„Nein, bitte", bettelt sie und wirft den Kopf herum, während sie an ihren Fesseln zerrt.

Ihre Proteste verwirren mich. Ich kann ihr Verlangen spüren. Ihre Hitze ergießt sich auf meiner Länge und erleichtert mir den Weg.

„Er ist zu groß", schreit sie. „Bitte, nicht weiter."

Jetzt verstehe ich ihre Angst. Sie könnte recht haben. Auf halber Strecke muss ich mich zurückziehen, bevor ich meinen Schwanz komplett hineinschieben kann. Sie schreit vor Lust und Schock, als ich bis zum Anschlag drinstecke. Ich kämpfe darum, meine Essenz noch nicht zu vergießen, weil ich mein erstes Paarungsritual so lange wie möglich genießen möchte.

„Leise, Kleines", sagt Kein und beugt sich vor, um dem Mund des Menschen mit seinem zu begegnen.

Ihr Stöhnen und ihre kleinen Laute werden von seinem Mund aufgefangen, während ich langsam in sie eindringe. Als sie um mich herum zittert und bebt, kann ich mein Verlangen nicht mehr zurückhalten. Ich packe ihre Hüfte und ziehe sie auf meine Länge zurück, während ich hart in sie stoße. Sie reißt ihre Lippen von Kein los, um aufzuschreien.

Lust. Schmerz. Lust. Ihre Emotionen verweben sich und überschwemmen mich an einem Aufruhr von ungewohnten Empfindungen.

Mein Knoten schwillt in der Mitte meines Schwanzes an und meine Leisten ziehen sich zusammen. Pulsierend schreit sie auf. Ihre inneren Muskeln umklammern mich wie ein Schreibstock. Ich kann mich nicht zurückhalten. Mein Schwanz steckt in ihr fest und meine Essenz fließt in Strömen heraus. Mein Körper zittert, als ich mich an ihre kleine Gestalt klammere. Es ist eine Erlösung, wie ich sie noch nie erlebt habe.

Ich bin wiedergeboren.

Ich will in diesem Weibchen leben. Dieses zerbrechliche Weibchen. Dieses Weibchen, das wir möglicherweise nicht retten oder für uns selbst behalten können.

Zum ersten Mal, seit ich Monrok bin, fühle ich mich geschwächt und verletzlich.

Ich will mich nie wieder mit ihr verpaaren.

KEIN

Sie ist das wundervollste Wesen, das es gibt. Ich kann meinen Blick nicht von ihrem Gesicht abwenden. Sie hat einen blauen Fleck auf der Wange, aber sie ist trotzdem perfekt.

Jeder in der Galaxie weiß, dass Monrok Gefühle wahrnehmen können. Gedanken. In der Regel sind alle Wesen um uns herum verschlossen und abgeschottet. Nicht dieser kleine Mensch. Unter der Fülle von Emotionen, die sie ausstrahlt, kann einem ihr natürlicher Paarungsduft fast entgehen.

Ich streichle ihre seidigen Locken und bewundere dieses kleine Geschöpf. Menschlich. Weiblich. Und wir wurden auserwählt. Unsere Wahl war nicht zufällig. Wir sind nicht naiv.

Cal und ich sind die einzigen Monrok, die nicht nur blutsverwandte Brüder, sondern eineiige Zwillinge sind. Wie alle unsere Monrok-Kameraden wuchsen wir in einem Labor auf, wo wir von Zapex-Wissenschaftlern „verbessert" wurden. Nachdem Kaihan auf uns aufmerksam geworden war, bestand er darauf, dass unsere ähnlichen Merkmale niemals verändert werden. Vielleicht sind wir uns jetzt sogar noch ähnlicher als bei unserer Geburt. Meinen Bruder zu sehen, ist wie in einen Spiegel zu schauen. Das zeichnet uns aus. Es ist besonders. Menschen sind die einzigen empfindungsfähigen Wesen im bekannten Universum, die zu dieser Anomalie fähig sind. Wir sind selten.

Kaihan sammelt Raritäten und ich glaube, mein Bruder und ich sind Teil seiner Sammlung. Wir haben uns in seine Dateien gehackt und wissen, warum wir ausgewählt wurden. Der Prinz hofft auf eine Mehrlingsschwangerschaft bei diesen ersten Paarungsversuchen und möglicherweise auf weitere. Ich habe keinen Zweifel daran, dass er die genetischen Chancen erhöht hat, um dies zu garantieren. Wir haben die Aufzeichnungen über seine Experimente gesehen.

Dieses Weibchen weiß wahrscheinlich nicht, dass sie entweder die Veranlagung hat, zu Zwillingsschwangerschaften zu neigen, oder dass ihr Hormone injiziert werden. Ich möchte gar nicht daran denken, welche Versuche sie an weiblichen Menschen durchgeführt haben, um herauszufinden, wie man ihr Genom manipulieren kann.

Was sie uns angetan haben, war fast unerträglich. Nicht alle, die dem Prozess unterzogen wurden, Monrok zu werden, haben überlebt. Es gab noch drei weitere Generationen von veränderten Menschen, bevor sie ihren Prozess bei uns perfektionierten. Allerdings nicht so perfekt, wie sie es gern glauben würden. Wir können immer noch frei denken.

Ich streiche mit einem Fingerknöchel über ihre unverletzte Wange. Sie schmiegt sich an meine Hand. Sie ist so weich wie eine flauschige Zepka.

Kaihan teilte uns mit, dass wir unbegrenzten Zugang zu dem Weibchen haben würden, sobald es sich als robust genug erwies, um die Paarung zu überleben. Aber ich weiß, dass ich seinen Worten nicht trauen sollte. Sobald wir diese menschliche Frau geschwängert haben, werden sie sie uns wahrscheinlich wegnehmen. Wer weiß, ob wir sie dann zurückbekommen? Plötzlich bin ich gierig nach meiner Zeit mit ihr.

„Ich will sie ganz sehen", sage ich zu Cal.

„Mein Knoten hat sich fast gelöst." Er klingt verärgert, aber er verbarrikadiert seine Gedanken vor mir.

„Du hast dich mit ihr verknotet?" Man hat uns gesagt, dass dies bei der Paarung passieren würde, aber da wir uns noch nie verpaart haben ... „Wie ist das?"

„Du wirst es selbst erleben." Seine Stimme ist rau, als er sich aus der Umklammerung des Weibchens befreit.

Ja, das muss ich. Ich löse die Handschellen und setze unser Weibchen auf.

Sie lehnt ihren Kopf gegen meine Brust. „Bitte. Nicht mehr", lallt sie, widerspricht sich aber selbst, indem sie ihre fiebrige Haut an mir reibt.

Sie versteht es noch nicht. In ihrer neuen Realität gibt es keine Wahl. Man erträgt es oder man überlebt nicht. Und es ist nicht mein Ziel, ihr wehzutun.

„Sieh mich an, Kleines." Sie schüttelt den Kopf. Ich greife nach ihrem Kinn und hebe ihr Gesicht zu meinem. Ihre Pupillen sind durch das verabreichte Serum geweitet, aber ich muss ihr klarmachen, wie wichtig es ist. „Du musst beweisen, dass du stark genug bist, uns beide aufzunehmen."

Sie blinzelt zu mir auf und studiert mein Gesicht. Ich bin furchteinflößend. Ich bin Monrok. Elitewächter der Zapex. Wir wurden gezüchtet, um den Feind der Zapex zu bekämpfen, die Ko'sar. Die meisten in der Galaxis fliehen vor uns. Die Mächtigen blicken auf uns herab, aber insgeheim fürchten sie uns.

Unsere Menschenfrau hat Angst vor uns. Eine Träne läuft über ihre Wange, während sie mich studiert. Ich wische sie weg und bin fasziniert von dem Tröpfchen Flüssigkeit, das allein aufgrund von Emotionen vergossen wird. Monrok-Tränendrüsensekretion wird von unseren kinetischen Sensoren reguliert. Sie beruhigt sich, als ich die Träne an meinen Mund führe und die salzige Feuchtigkeit koste.

Ich spüre ihre Unentschlossenheit. Sie schaut zu Cal und dann wieder zu mir und nickt einmal. Sie scheint zu begreifen, was wir von ihr verlangen, wenn auch nicht den Grund.

Im Moment ihrer Zustimmung hebe ich sie vom Tisch und stelle sie an die Wand. Ich befestige ihre gefesselten Arme wieder über ihrem Kopf und sie zuckt, als fühlte sie sich betrogen. Kaihan beobachtet unsere Paarung zweifellos. Wir dürfen ihr nicht zu viel Mitgefühl zeigen, damit sie nicht gegen uns verwendet wird. Und ich möchte nicht, dass meine Sicht auf ihren Körper behindert wird.

„Hey, lass mich los."

„Ich will dich ansehen." Mein Schwanz wird beim Anblick ihrer sinnlichen Gestalt ganz hart.

Monrok haben keine Besitztümer. Ich habe mir nie gewünscht, etwas zu besitzen, aber jetzt verstehe ich, warum Kaihan Raritäten sammelt. Diese Kreatur ist so faszinierend schön, dass ich sie schon jetzt als meine eigene *Rara Avis* behalten möchte. Wenn ich jemals irgendetwas besitzen sollte, dann wird sie es sein.

Auf ihren nackten kleinen Füßen reicht sie mir nur bis zur Mitte der Brust. Ihre Brüste sind voll und geschmeidig, ebenso wie ihre Hüfte. An ihren Brustwarzen hängen Stimulatoren, die mir die Sicht darauf versperren.

Vorsichtig, um den Milchkanal nicht zu verletzen, ziehe

ich einen ab, aber sie schreit trotzdem. Schmerz und Verlangen strömen von ihr aus. Das ist mein neuer Lieblingsduft. Ich beobachte, wie ihre nackte Brustwarze mit dem wilden Schlag ihres Herzens pulsiert. Dann ziehe ich die andere ab.

Sie atmet zischend, als ich ihre prallen Rundungen mit dem Mund bedeckte, an einer Knospe sauge und dann die andere koste. Sie wird schwächer, aber ich rieche ihre neue Erregung, während sie an ihren Fesseln zerrt.

Ihr Verlangen stimuliert mein eigenes. Ich packe meinen Lebensbringer durch meine Hose, um mein Verlangen zu kontrollieren. Ich war noch nie so hart. Nicht einmal nach einem Kampf.

„Bitte. Hab Erbarmen", fleht sie mit dünner Stimme.

Erbarmen? Sie bittet um Gnade?

Ich betrachte ihre perfekten menschlichen Züge, die nicht von fremden Händen verändert wurden. Wahrscheinlich kannte sie Mitgefühl, denn sie lebte friedlich auf einem kleinen Planeten, der nichts von dem Universum um ihn herum weiß. Während wir hier draußen auseinandergerissen und wieder zusammengesetzt wurden.

Die Zapex beanspruchten die Erde vor über hundert Jahren für sich und stuften die Menschen sofort als minderwertige Wesen ein. Dem muss ich zustimmen. Sie sind eine kümmerliche Rasse, die zu Sklaven gemacht werden wird, wenn die Zapex ihren Willen bekommen.

Sie weiß nicht, was wir alles für sie tun.

Sie kennt den Preis dieses Erbarmens nicht.

Ich ziehe meinen tropfenden Schwanz heraus und bringe die Spitze an ihren prallen, feuchten Kern. Ich hebe sie an der Taille hoch und lasse sie auf meinen Schwanz hinuntergleiten. Als ihre enge Hitze mich umschließt, stöhne ich in ihren Mund.

Ich neige ihren Kopf zurück und blicke in Augen, die so blau sind wie *Tash*-Steine. „Wir haben fast fünfzig Jahre mit den Zapex verbracht, meine kleine *Zepka*", sage ich. Meine Stimme ist ein raues Flüstern an ihrem Ohr. „Du bist unser Erbarmen."

Ich bedecke ihren Mund mit meinem und schmecke ihren Schock. Ihr Verlangen.

Es ist fast schmerzhaft, dieses Gefühl, das mich ergreift. „Erbarmen", knurre ich an ihrem Ohr. „Zeige mir Erbarmen."

Ihr Atem kommt rasend schnell und sie schließt die Augen.

Lust. Frustration. Verwirrung. Sie kämpfen in ihr und überschwemmen mich.

Ich kenne nur ein Gefühl.

Bedürfnis.

Ich packe ihren Hintern und stoße in ihre Hitze, wobei ich ihren wohlgeformten Körper an die Wand drücke. Ich wandere mit den Händen über ihre Hüfte. Über ihre Beine. Greife nach ihrem Arsch. Fülle meine Finger mit Brüsten. Die ganze Zeit über grunze ich wie ein wildes Tier. Machtlos, den Ansturm zu stoppen, der mich dazu bringt, hart zuzustoßen und sie tiefer zu nehmen.

Das ist Paarung.

Mein Körper bettelt um Erlösung; ein Unbehagen, wie ich es nie gekannt habe. Der Instinkt gewinnt die Oberhand und erlaubt mir nicht, mich zurückzuhalten. Ihr Schrei ist heiser und verzweifelt, als ich immer härter in sie stoße.

Mein Knoten schwillt an und dehnt sich unaufhaltsam gegen ihre inneren Wände aus. Ihr ganzer Körper spannt sich an, bevor sie schreit. Ihre Muschi zuckt. Ich nehme keine Rücksicht auf all die Empfindungen, die sie verströmt. Meine aufsteigende Essenz bettelt darum, sich zu ergießen. Ihr enger Kanal krampft noch immer, als ich in ihr anschwelle. Mit ihr verknotet, presse ich sie noch fester an mich. Meine Essenz schießt in schmerzhaften Stößen aus mir heraus.

Der Schock meiner Erlösung strömt in meiner Wirbelsäule hinauf und in die Beine hinunter.

Erschöpft sackt sie gegen mich zusammen und lässt den Kopf an meiner Brust ruhen. Meine Kybernetik setzt ein, beruhigt meinen Herzschlag und reguliert meinen Atem. Obwohl ich körperlich gesättigt bin, kann ich meine Hände nicht davon abhalten, über ihre Weichheit zu streicheln. Sie pulsiert um meinen immer noch mit ihr verknoteten Schwanz und ein kleiner Teil von mir hofft, dass wir sie nicht geschwängert haben.

Falls und wenn die Rebellion kommt, wird es schwer genug sein, sie am Leben zu halten, ohne dass sie durch die zusätzliche Sorge einer Schwangerschaft geschwächt ist. Dennoch hoffe ich gleichzeitig, dass unsere Essenz Wurzeln geschlagen hat. Denn ich weiß, dass sie und jedes Kind, das sie in sich trägt, eine Zeit lang sicher sein werden und selbst in den Händen der Zapex gut aufgehoben wären.

Wir müssen uns auf alle Eventualitäten vorbereiten und doch habe ich Hoffnung. Hoffnung habe ich noch nie zuvor erlebt. Sie ist ebenso fremd wie unangenehm. Sie ist unser Erbarmen. Gnade, wenn wir keine kannten.

Wie soll ich da nicht hoffen?

Ich löse ihre Handschellen, trage sie zu dem Tisch, den Cal vorbereitet hat, und lege sie darauf. Ihre Haut ist kieselig und sie zittert. So sieht es aus, wenn einem kalt ist. Ihr Körper kann seine Temperatur nicht selbst regulieren. Menschen sind zerbrechlich. Weich. Schwach in Körper und Geist. Ich weiß nicht, wie sie in unserer Welt überleben wird. Sie braucht Schutz, und das vor mehr als nur den Launen von Prinz Kaihan.

Eine Urgewalt ergreift Besitz von mir und verlangt, dass wir sie behalten. Sie einfordern. Sie ist unsere Gefährtin. Unser Weibchen. Mein ganzes Wesen rebelliert bei dem Gedanken, sie zu verlieren.

„Ich will sie nicht verlassen", sage ich leise.

Binde dich nicht an sie, sagt Cal durch unsere Gedankenverbindung. Wir versuchen, sie nicht zu benutzen. Die Zapex haben unsere geheime Fähigkeit nie entdeckt und wir bemühen uns, dafür zu sorgen, dass sie es nie tun. *Wir wissen nicht, was ihre Zukunft bringt.*

Die Gesichtszüge meines Bruders sind zu einer leeren Maske verhärtet. Ich tue dasselbe, als ich höre, dass sich jemand nähert. Als ich weggehen will, wird eine schlanke Hand um mein Handgelenk geschlungen.

Tash-steinblaue Augen starren mich verschwommen an. „Bitte verlass mich nicht."

Mein Herz schlägt in einem unangenehmen Rhythmus, bevor meine Kybernetik die Kontrolle übernimmt und mein Puls sich beruhigt. Wahrscheinlich haben wir sie geschwängert. Die Zapex werden nichts tun, um ihr zu schaden, wenn sie trächtig ist. „Du wirst sicher sein." *Hoffe ich.*

„Wer bist du?"

„Wenn du Glück hast, deine Rettung."

Wir schreiten bereits auf die Tür zu, als sie sich zischend öffnet. Kaihan und zwei seiner *Gearans* kommen herein. Es ist erfreulich, dass die *Gearans* einen großen Bogen um uns machen.

„Gut gemacht", sagt Kaihan und wirft unserem Weibchen einen Blick zu. Sie tut wohlweislich so, als würde sie schlafen. Wir ballen pflichtbewusst unsere Fäuste vor der Brust und nicken respektvoll, bevor wir den Raum verlassen. Ich kämpfe gegen meinen Instinkt an, zurück in den Raum zu stürmen und Kaihan in Stücke zu reißen, weil er sich in der Nähe unseres Weibchens aufhält. Aber die Tür schließt sich zischend hinter uns.

Mein Instinkt sagt mir, dass ich sie nicht verlassen soll, sage ich Cal durch unsere Gedankenverbindung.

Er zuckt nicht einmal mit der Wimper, aber ich weiß, dass er mich gehört hat. Und ich weiß, dass er die gleichen Bedenken hegt wie ich.

Wir haben unser Weibchen bedeckt mit unserem Duft in den Händen unseres Schöpfers gelassen. Unseres hemmungslosen Herrschers, der bald unser Feind sein wird.

Kapitel Drei

ALLYSON

Jeder Zentimeter meines Körpers schmerzt von innen und außen. Ich habe keine Ahnung, wie lange ich geschlafen habe, aber in dem Moment, in dem das Summen der Wand aufhört, reiße ich die Augen auf. Einer der blauen Männer mit den toten Augen kommt herein und ich weiche voller Angst vor dem, was gleich passieren wird, zurück. Schon wieder.

Ich hasse es, dass ich bereits gebrochen wurde. Dass ich meinen Kampf verloren habe. Aber wohin würde ich gehen, wenn ich fliehen könnte? Ich zucke zusammen, als er mich vom Boden hochreißt. Meine Beine geben nach, mein Verstand dreht sich. Jeder Schritt auf dem kalten Boden ist wie ein Gang über Glasscherben. Er packt mich mit einer Faust bei den Haaren und zieht mich hinter sich her. Ich rapple mich auf, um wieder auf die Beine zu kommen, aber meine schmerzenden Muskeln schreien aus Protest. Die Drogen, die sie mir verabreicht haben, sind aus meinem

Körper verschwunden. Jetzt dröhnt mein Kopf und mein Körper schmerzt.

Der Schmerz lenkt mich fast von dem Gefühl ab, in mein Verderben geführt zu werden. Tränen strömen über mein Gesicht und ich beginne, vor Nervosität zu zittern. Als sich die Tür öffnet und den Blick auf die weißen Wände und den Untersuchungstisch freigibt, halte ich mir den Mund zu, um nicht zu schluchzen.

Ein weiterer blauer Mann steht im Raum und kommt auf uns zu. Ich wehre mich, als mich der Mann, der jetzt meinen Arm ergreift, nach vorn zerrt. „Ich kann nicht. Nicht schon wieder. Bitte zwingt mich nicht." Meine Schreie sind erbärmlich und bleiben unbemerkt.

Ich werde auf den Tisch gedrückt und in der gleichen demütigenden Haltung wie beim letzten Mal gefesselt. Ich war zuvor nicht stark genug, um mich zu wehren, und ich bin es auch jetzt nicht.

Ich zittere und mir ist kalt bis auf die Seele. Ich weiß nicht, ob mir jemals wieder warm werden wird. Die blauen Männer arbeiten um mich herum und ich beobachte die Tür mit nervösen Augen. Ich erwarte, dass Kaihan oder diese seltsamen Militärs, die mir in meinem drogenge-schwächten Geist eher wie eine Halluzination erscheinen, wieder eintreten.

Um mir wehzutun.

Die Männer injizieren mir nichts, um den Schmerz zu betäuben, aber ich gehe in Gedanken irgendwohin und weg von der Klemme, die sie in mich schieben. Ich bin trocken. Es brennt und kratzt an meinen inneren Wänden, als sie mich aufspreizen. Ich zucke zusammen und mein Magen verkrampft sich, als sie irgendwelche Dinge in mir tun. Möglicherweise nehmen sie Proben.

Mein Verstand hilft mir nicht, zu entkommen, und ich

bin mir nur allzu bewusst, was vor sich geht. Lange Minuten vergehen, während ich untersucht und gestochen werde, bevor sie die Klemme entfernen und beginnen, mich loszumachen.

Ich werde vom Tisch gezerrt und auf die Beine gestellt. Ich schaue mich um und frage mich, was vor sich geht, aber einer der blauen Männer packt mich am Arm. Sein Griff ist mir nur allzu vertraut, als er mich zur Tür hinaus und durch den Flur zurückzieht. Ich werde zu einem Eingang gebracht und entdecke meinen vertrauten Raum.

Er stößt mich hinein. Ich krieche auf meine Matte und rolle mich zu einem Ball zusammen. Ich höre, wie sich die Schimmerwand wieder schließt, aber das ist mir egal. Hoffnungslosigkeit und Zweifel, ob ich diesen Aliens entkommen kann, ziehen sich wie schwarzer Rauch durch meine Gedanken. Ich versuche, sie abzuwehren und mich daran zu erinnern, dass ich stark sein muss. Aber wie alles andere hier, überwältigen sie mich und machen sich in meinem Kopf breit.

Ich kann meine Stärke morgen wiederfinden. Ich bin zu kaputt und müde, um gegen mich selbst oder irgendjemand anderen anzukämpfen.

Morgen.

* * *

Die Tage fangen an, miteinander zu verschmelzen. Das Licht in meiner kleinen Zelle ist immer gedämmt. Die gleichen weißen Wände umgeben mich. Jedes Mal, wenn ich aufwache, liege ich nackt auf meiner Matte und habe Angst, aufzustehen. Sie ist zu meinem Zufluchtsort geworden, aber auch zu meinem Fegefeuer. Schuldgefühle nagen an mir, weil ich nicht versucht habe, zu fliehen. Aber jedes

Mal, wenn ich daran denke, es zu probieren, lähmt mich die Angst. So liege ich stundenlang da und kämpfe mit mir selbst.

Sie haben mir weder Essen noch Trinken gebracht. Sie kommen nur, um mir Spritzen zu geben. Eigentlich sollte ich vor Durst und Hunger schwach sein, aber seltsamerweise bin ich fitter als jemals zuvor.

Ich vermute, dass die Spritzen dies bewirken. Sie wollen doch nicht, dass ihre Zuchtstute umkippt. Meine Gedanken geraten ins Stocken.

Ich soll geschwängert werden.

Ich versuche, nicht an die menschlichen Männer zu denken. Eine Art Militärs. Tödlich und intensiv, mit Stimmen so rau wie Kies. Wenn sie direkt mit mir gesprochen haben, war es in akzentfreiem Englisch. Einer von ihnen sagte, sie seien seit fünfzig Jahren bei den Zapex, aber wie ist das möglich? Sie schienen nicht älter als dreißig zu sein.

Es ist schon Tage her, seit sie zu mir kamen, und es scheint wie ein Traum. Das Beruhigungsmittel oder die Drogen, die mir die blauen Männer gespritzt hatten, haben ihre Wirkung gezeigt und alles vernebelt. Warum sonst wäre ich so bereit gewesen, mich ihnen zu unterwerfen? Immer wieder zum Orgasmus zu kommen und mein Flehen nach mehr zurückzuhalten, während sie mich vergewaltigten.

Besonders nachdem Prinz Kaihan ...

Ich blende die Gedanken aus.

Meine Zeit mit dem „Prinzen" war mir viel gewalttätiger vorgekommen als die mit den menschlichen Männern.

Wer zum Teufel waren sie?

Wenn du Glück hast, deine Rettung. Ich frage mich immer wieder, was er damit meinte. *Wenn du Glück hast?*

Nichts an dieser Situation deutet darauf hin, dass das Glück auf meiner Seite ist. Werde ich gerettet, wenn ich schwanger bin? Ich bin mir ziemlich sicher, dass sie geschickt wurden, um mich zu schwängern. Wäre das meine Rettung wert?

Wenn ich nicht schwanger bin, werden sie dann wieder zu mir geschickt, um es weiter zu versuchen? Mein Herz rast bei dem Gedanken, auch wenn ich von Angst erfüllt bin. Ich werde unangenehm feucht und bin furchtbar verwirrt. Wie könnte ich wollen, dass sie mich noch einmal ficken? Mich vergewaltigen.

Sie sind nicht zurückgekommen und der grausame Prinz-Arzt zum Glück auch nicht.

Bin ich jetzt schon schwanger?

Ich schiebe die Hand nach unten, um meinen Unterleib zu bedecken. Der Gedanke, an diesem Ort ein Kind zu bekommen, ist entsetzlich. Ich gehe davon aus, dass ich kein Kind behalten darf, das ich kriege. Der Gedanke, ein Kind zu bekommen, das mir dann weggenommen wird, ist schlimmer als jede Folter, die sie mir zufügen könnten.

Jeden Tag kommt einer der schwarzäugigen, blauen Männer, um mir eine Spritze zu geben und die schwarzen Stromelektroden eine Zeit lang auf meine Brustwarzen zu klemmen. Am ersten Tag riss ich sie ab und wurde danach gefesselt. Dann musste ich mit auf dem Rücken gefesselten Händen dasitzen, während elektrische Stromstöße durch meine Brüste pulsierten. Am nächsten Tag habe ich versprochen, gehorsam zu sein. Seitdem lasse ich die Unannehmlichkeiten jeden Tag über mich ergehen, weil ich weiß, dass es besser ist als die Alternative.

Jeden Tag, an dem sie hereinkommen, frage ich mich, ob man mich wieder wegbringen wird. Heute habe ich ihm gesagt, dass mir kalt ist, und habe um eine Decke gebeten.

Das Zimmer wurde merklich wärmer und meine Matte auch. Aber keine Decke. Wenigstens hat die Zelle jetzt ein laues tropisches Gefühl.

Leider bin ich immer noch nackt, ohne Bedeckung und irgendwie ohne Körperbehaarung. Ich schaue auf meinen nackten Schoß hinunter und widerstehe dem Drang, mich zu bedecken. Ich hatte immer Schamhaare. Selbst zu den wenigen besonderen Gelegenheiten, bei denen ich mein Haar entwachsen ließ, habe ich immer einen Streifen behalten.

Jetzt, wo das wenige Haar verschwunden ist, sind mir meine weiblichen Körperteile völlig fremd. Sie fühlen sich besonders verletzlich an. Ich bin nur froh, dass ich nicht aufgewacht bin und irgendwo gepierct war.

Ein Kribbeln in meinem Nacken lässt mich aufschrecken. Erst jetzt fällt mir das fehlende Summen der Elektrizität auf. Ich war zu sehr in Gedanken versunken.

Ich bin nicht allein. Die beiden von neulich stehen dort, wo die Schimmerwand sein sollte. Sie starren mich an wie Tiger, die ihre Beute beobachten. Trotz ihrer schweren schwarzen Stiefel habe ich sie nicht hereinkommen hören.

Sie starren auf die Stelle, an der ich gemütlich über mein nacktes Fleisch gerieben habe. Ich reiße meine Hand zurück und husche in eine sitzende Position mit dem Rücken zur Wand. Abwehrend schlinge ich die Arme um mich und versuche, so viel Haut wie möglich zu verbergen.

Wie identische Söldner stehen sie Seite an Seite und füllen mit ihren hoch aufragenden Gestalten die Türöffnung. Sie könnten Klone sein, so ähnlich sind sie sich.

Mein Herz schlägt im dreifachen Tempo. Ich lasse meinen Blick durch das winzige Zimmer schweifen, als ob sich ein Versteck auftun würde, aber natürlich gibt es keins. Der kleinste Teil von mir, der darüber fantasiert hat, dass diese Männer mich retten würden, wird in Stücke gerissen. Diese Männer sind nicht auf meiner Seite. Sie sind die Art von Männern, die ohne Gewissensbisse töten würden. Sie sind Wesen von roher Männlichkeit. Ihr dichtes dunkles Haar fällt ihnen über die Stirn, ihre Kiefer sind kantig. Zwei paar kalte, kristallblaue Augen beobachten mich. Sie strahlen eine raue, geschärfte Intensität aus und sind viel erschreckender und strenger als das, was ich aus meinen unter Drogen stehenden Erinnerungen im Gedächtnis habe. Sie sind nicht nur groß, sondern auch breitschultrig und kräftig gebaut. Sie sind Ungetüme.

Ich versuche, meinen Atem zu beruhigen, und nehme sie in Augenschein. Ihre Kleidung ist aus einem Material, das ich noch nie gesehen habe, ganz in Schwarz. Ihre T-Shirts sehen beinahe normal aus, aber ihre enganliegenden Cargo-Hosen wirken fast wie Neoprenanzüge und sind vorn mit einer Art gepanzertem Polster gefüttert. „Ich bin Cal und das ist mein Bruder Kein", sagt der Linke auf Englisch. Seine Stimme klingt dunkel und gefährlich.

Zwillinge. Also keine Klone.

So vollkommen identisch sie auch sind, weiß ich doch instinktiv, dass der rechts, Kein, derjenige ist, der mich um seine Gnade gebeten hat. Und, Gott steh mir bei, ich hatte genau das sein wollen. Ich hasse mich selbst dafür, dass ich sie auch nur einen Hauch faszinierend finde. Sie haben mich in Besitz genommen, als ich nicht bei Sinnen war und keine Kontrolle mehr hatte. Aber ich ritt auf einer seltsamen Flut der Lust und die Art, wie er mich ansah, war so ursprünglich. So voll Verlangen.

Heute starrt er mich nicht so an. Ihre identischen, wortkargen Blicke lassen mich erschaudern. Sie haben die Gesichter zu autoritären Linien verzogen. Mein Blick huscht weg und ich höre auf, die beiden zu betrachten.

Als ich auf dem schrecklichen Untersuchungstisch aufgewacht war, hatte mich Keins Blick mit so etwas wie Wärme erfüllt. Ich fühlte mich beruhigt. Auf seltsame Weise sicher. Das habe ich tagelang mit mir herumgetragen, um mir Mut zu machen. Ich redete mir ein, sie könnten auf meiner Seite sein.

Jetzt machen mich ihre leeren, maskierten Blicke nervös. Ich versuche, meine Nerven zu beruhigen und genauso ungerührt wie sie zu wirken. Ich bezweifle, dass es funktioniert.

Als ich daran denke, was diese mächtigen Fremden mir angetan haben, erröte ich. Ich sollte mich erniedrigt fühlen. Vergewaltigt. In gewisser Weise tue ich das wohl auch, aber diese schmerzhafte Sehnsucht ist in ihrer Intensität beunruhigend.

Ich hasse mich selbst genauso sehr wie sie. Ich möchte, dass sie verschwinden, damit ich aufhören kann, mich so zu fühlen. Ich beiße mir auf die Innenseite meiner Wange.

„Wir sind gekommen, um dich zur Paarung zu holen“, sagt Cal.

Das ist direkt und mindert meine Befürchtungen in Bezug auf ihre Anwesenheit keineswegs. „Warum?“ Meine Stimme zittert. Ich balle meine Hände zu Fäusten und versuche, meine Reaktion auf ihre Nähe zu unterdrücken. „Warum macht ihr das?“

„Wir sind Monrok“, sagt Cal so beiläufig, als wäre der Himmel blau und ich eine Idiotin.

„Ich weiß nicht, was das ist.“

„Monrok sind die Elitegarde und Eigentum der Zapex“, antwortet Kein.

Eigentum? Sie scheinen tatsächlich eine Art Eliteeinheit zu sein. Hart im Nehmen. Sie strahlen Autorität aus. Wie können sie jemandes Eigentum sein? Sie haben diese wilde Armeeausstrahlung, aber um das Zwanzigfache gesteigert. Wenn die Zapex mächtig genug sind, diese Männer zu kommandieren, welche Hoffnung habe ich dann?

„Ich dachte, ihr seid Menschen." Ein Teil von mir hatte diese Tatsache tröstlich gefunden. Der Teil, der wusste, dass meine Umstände schlimmer sein könnten, aber nicht darüber nachdachte, was „schlimmer" bedeuten könnte.

„Wir sind Monrok", wiederholt Cal und scheint irritiert zu sein.

Meine eigene Geduld schwindet. „Ich verstehe immer noch nicht, was das bedeutet."

Cal runzelt die Stirn. „Wir sind die Elite..."

Kein hebt eine Hand. „Wir werden uns später damit befassen." Seine tiefe, heisere Stimme lässt mich erschaudern. „Komm mit, Weibchen." Er tritt vor, streckt seine Hand aus und gibt mir die Illusion, dass ich eine Wahl habe. Die Geste ist freundlich, wenn auch sinnfrei.

Ein Teil von mir möchte sich noch enger zusammenrollen und die Sicherheit meiner Matte nicht verlassen. Aber ich bezweifle, dass Verweigerung eine Option ist. Bevor ich zweimal darüber nachdenken kann, nehme ich seine Hand und kämpfe dagegen an, mich wie an einer Rettungsleine daran festzuhalten. Er ist nicht hier, um mich zu retten. Aber nach Tagen der Angst und des Alleinseins ist es genau das, was seine große Hand, die er um meine kleinere schlingt, für mich bedeutet. Sicherheit.

Ich lasse zu, dass er mich hochzieht, und zum ersten Mal bemerke ich, dass sein Arm nicht ganz ... echt wirkt. Es ist, als würde ich nach einer Armprothese greifen, die sich warm anfühlt. Ich kann die Muskeln und Sehnen darunter sehen. Auch sein rechtes Auge scheint nicht ganz echt. Die gesamte Oberfläche reflektiert das Licht. Es wirkt eher wie ein Computerbildschirm als ein Auge aus Fleisch und Blut, das nur an der Pupille reflektiert.

Er dreht sich um, zieht mich hinter sich her und unterbindet meinen Blick.

Ich unterdrücke meinen Protest dagegen, ins Ungewisse zu gehen, und werfe einen Blick zurück auf die Sicherheit meiner Matte, als er mich aus der Zelle zieht, die ich seit Tagen nicht mehr verlassen habe.

Mein Herz klopft mit unruhiger Angst.

Wir gehen durch eine Tür, die zu einem Hauptflur führt. Der gleiche beißende Geruch wie im Untersuchungsraum schlägt mir entgegen, aber hier ist er nicht so stark. Trotzdem möchte ich weglaufen und mich verstecken. Cal übernimmt die Führung und Kein fällt hinter mir zurück. Sie sind wie zwei hochaufragende Pfosten, die alles andere in der Umgebung verdecken.

Obwohl die Männer viel größer sind als ich, geben sie beim Gehen keinen Laut von sich. Meine Füße klatschen laut auf dem Metallboden, als ich doppelt so schnell gehen muss, um mit Cals zielstrebigem Schritt mitzuhalten.

Es ist das erste Mal, dass ich diesen Weg entlanggehe, ohne bei jedem Schritt gegen lähmende Schmerzen ankämpfen zu müssen. Wir begegnen auf unserem Weg niemandem, aber ich fühle mich trotzdem auffällig, wie ich so nackt durch den Flur schreite. Die Luft küsst meine Haut, eine deutliche Erinnerung an meinen Zustand. Sie macht mir unmissverständlich bewusst, dass ich hier eine Art Sexsklavin bin, wenn nicht sogar nur eine Zuchtstute.

Ich will mich unbedingt bedecken.

„Darf ich dein T-Shirt haben?", frage ich Kein zaghaft. Er hat mir neulich das Gefühl gegeben, sicher zu sein, wenn auch nur für einen Moment. Also halte ich ihn für den netteren der Zwillinge.

„Ist dir kalt?“

„Ich bin nackt.“ Ich verschränke meine Arme vor der Brust.

„Und deine Form ist angenehm anzusehen.“ Seine Stimme ist wie ein dunkles Schnurren, als sein gieriger Blick über mich schweift.

Hitze breitet sich an meinem Hals aus und huscht über mein Gesicht. „D-das ist nicht der P-Punkt“, stottere ich überrumpelt.

Ein großes, schwarzes T-Shirt fällt über meinen Kopf. „Jetzt hast du ein Shirt“, brummt Cal hinter mir. „Es wird nichts ändern.“

Ich erstarre bei dieser ominösen Erinnerung.

Das T-Shirt reicht mir fast bis zu den Knien. Es ist warm von Cals Körper, aber es riecht nicht nach ihm. Kein Hauch eines Waschmittels, von Seife oder sonst etwas. Und Cal hat unrecht. Es verändert die Dinge. Ich fühle mich bereits ein wenig besser.

Stärker.

Fähiger, mit allem umzugehen, was auch immer kommen mag.

Ich schiebe meine Arme durch die Ärmel und drehe mich um, um ihm zu danken, aber er hat uns bereits den Rücken zugewandt. Seinen unglaublich muskulösen Rücken. *Wahnsinn.* Er hat lange chirurgische Narben, die an beiden Seiten verlaufen und eine in der Mitte. Sie sind kaum zu sehen, aber sie sind trotzdem da.

Sein rechter Arm ist genau wie Keins. Sein linker Arm ist natürlich. Die eine auffällige Narbe, die er dort trägt, ist zerklüftet und sieht erkämpft aus.

Ich schaue hinter mich und werfe Kein einen flüchtigen Blick zu. *Ja.* Irgendwie wirkt der linke Arm echter. *Was?*

Wir schlängeln uns durch zwei weitere Gänge und

fahren mit einem Aufzug nach oben. Wenn wir uns auf einem Schiff befinden, dann ist es riesig. Warum haben wir keinen anderen Zapex oder Monrok gesehen?

„Gibt es hier noch andere Leute?", frage ich laut.

„Hier? Nein", antwortet Cal, ohne sich umzudrehen. „Die sind an anderen Orten."

Ich runzle die Stirn über diese Nicht-Antwort und folge ihm weiter.

Links von uns gleitet eine Tür auf und ich folge Cal hinein. Der Raum ist fast genauso karg wie meine Zelle. Der einzige Unterschied ist der, dass ihre Matten viel größer sind. Ich ärgere mich fast, dass sie keine Decken haben. Glauben Außerirdische nicht ans Zudecken?

Dann wird mir wieder bewusst, warum sie mich hierhergebracht haben. Um sich mit mir zu *verpaaren*. Ich schrecke zurück und renne gegen eine Wand aus hartem nackten Männeroberkörper. Cal.

Ich drehe mich um und stehe direkt vor seiner breiten Brust. Wenn sein Rücken beeindruckend war, dann ist seine Vorderseite geradezu lebensbejahend. Seine Hose hängt tief auf seiner Hüfte. Ich folge den Muskellinien und Sehnen mit den Augen und mein Mund wird trocken.

Arme packen mich von hinten, heben mich hoch und drücken mich so fest, dass mir der Atem stockt. Kein. Er gräbt sein Gesicht in mein Haar und beschnuppert mich. Umschließt meine Brüste.

Meine Arme werden an meine Seiten gedrückt und ich bin gezwungen, seine seltsamen Berührungen zu akzeptieren. Ich reiße die Augen weit auf, als ich zu Cal aufschaue. Obwohl er nicht mehr so bedrohlich wirkt wie zuvor, ist sein Gesicht immer noch eine steinerne Maske.

„Uns wird kein anderer Mensch gegeben, wenn du diesen kaputtmachst."

Cals Worte fließen wie Eis durch meine Adern. Eine harsche Mahnung, dass ein paar freundliche Gesten sie nicht zu mitfühlenden Menschen machen.

Kein lockert seinen Griff um mich und ich ziehe an seinen Armen. Er erlaubt mir, mich von ihm zu entfernen. Ich brauche etwas Perspektive. Zwischen ihnen und den blauen Männern scheinen sie das geringere Übel zu sein, aber ich weiß es nicht.

„Was genau wollt ihr beide von mir?"

„Wir wurden auserwählt, um dich zu ficken", sagt Cal mit unverblümter Härte.

Meine Augenbrauen schießen in die Höhe. All ihre Worte sind prägnant formuliert, aber Englisch ist definitiv nicht ihre Muttersprache.

„Du bist jetzt unsere Gefährtin", sagt Kein und spielt den Diplomaten. „Wir wurden auserwählt, um dich zu schwängern."

Auserwählt. Als wäre es ihre Aufgabe für den heutigen Tag.

Ich schaue sie an. Mein Herz flattert, als ich sehe, dass sie ernsthafte Erektionen unter ihren Hosen verstecken, während sie mich anstarren. Ich schätze, sie sind mit ihrer neuen Aufgabe zufrieden.

Meine augenblickliche Reaktion auf diesen Anblick ist gelinde gesagt irritierend. Ich sollte angewidert sein. Ich fühle mich wie ein in die Enge getriebenes Lamm. Ich sollte nicht zur Schlachtbank geführt werden wollen.

„Und wenn ich nicht schwanger werde?", frage ich und tanze um meine eigentliche Frage herum – was passiert, wenn ich Nein sage? Aber ich weiß schon, was passiert. Sie nehmen mich trotzdem.

„Vor deiner Terminierung würde an dir experimentiert und du würdest seziert werden", antwortet Cal.

Seine Worte treffen mich wie ein physischer Schlag. Er brauchte nicht einmal darüber nachzudenken. Das ist genau das, was passieren wird, wenn ich diesen Männern nicht erlaube, mich zu ficken. Mich zu *schwängern*.

Wenn du Glück hast, sind wir deine Rettung. Keins Worte tönen in meinem Kopf und ich weiß jetzt, was er meinte. Ich bin nur dann sicher, wenn sie das tun.

Bei dem Gedanken, sie in meinen Körper zu lassen, schnürt mir Angst die Kehle zu. Ihnen zu erlauben, ein neues Leben in mir zu erschaffen. Ein wunderschöner Prozess, der zu etwas Grundlegendem und Hässlichem verwandelt wird.

„Sei beruhigt", sagt Kein mit seiner besänftigenden, tiefen Stimme. „Es ist wahrscheinlich, dass du bereits schwanger bist. Die Zapex werden dir nicht schaden, während du trächtig bist."

Schwanger.

Hatte ich das nicht selbst auch schon gedacht? Ich lege eine schützende Hand auf meinen Bauch. Der Gedanke, ein Baby in mir zu tragen, mildert meine Ängste keineswegs. Mit einem Baby kommen ganz neue Sorgen.

Cal nickt. „Viele unserer Scanner und tragbaren Kommunikatoren funktionieren nicht mehr, seit wir durch ein Wurmloch geflogen sind, um die Reisezeit zurück nach Jar'jn, der Welt der Zapex, zu beschleunigen. Im Moment haben sie keine Möglichkeit festzustellen, ob du befruchtet wurdest oder nicht."

„Es gibt uns mehr Zeit, um sicherzustellen, dass unsere Essenz Wurzeln geschlagen hat", fügt Kein hinzu. „Du gehörst jetzt zu uns. Wir werden dich nicht im Stich lassen." Seine Worte klingen wie ein heiliger Schwur und er starrt seinen Bruder entschlossen an.

Vielleicht sind sie nicht beide derselben Meinung. Das ist schon in Ordnung. Ich habe auch nie darum gebeten.

„Sagen wir einmal, ich wäre schwanger", sage ich und lenke die Aufmerksamkeit der Männer wieder auf mich.

Kein fügt hinzu: „Und du bist sicher."

Ich nicke. „Ja, und ich bin sicher. Was passiert, wenn ich das Kind bekomme?"

Die Männer sagen nichts und ihr Schweigen ist lauter als Worte. Die kranken, blauen Aliens würden mir mein Baby wegnehmen. Tränen steigen in meinen Augen auf. „Ich würde lieber sterben." Meine Worte kommen gehaucht heraus, meine Kehle ist zugeschnürt.

„Wir werden dich beschützen." Kein runzelt scheinbar beleidigt die Stirn.

Mit verkrampftem Magen blicke ich zwischen den beiden Männern hin und her. Ich bin entsetzt und angewidert von dem, was sie mir auf freiwilliger Basis antun wollen. Tränen laufen über meine Wangen, als ich versuche, an ihnen vorbei zur Tür zu stürmen.

Mit einem harten Stoß verschlägt es mir die Luft. Bevor ich blinzeln kann, hat Cal mich an die kalte Wand gepresst. Seine Faust steckt in meinem Haar, mit der anderen umschlingt er meine Kehle. Ich bin gefesselt, meine Füße baumeln vom Boden und ich klammere mich an sein Handgelenk.

„Der Tod ist nicht dein Schicksal, Weibchen." Seine Worte klingen eher nach einer Drohung als einer Besänftigung und seine Stimme ist ein tiefes, bedrohliches Grollen.

Meine Haut kribbelt vor Hitze, selbst als die eiskalten Finger der Angst an meiner Wirbelsäule hinunterfahren. Ich kneife meine Augen zusammen.

„Wir *werden* dich beschützen", fügt er hinzu. Sogar vor

mir selbst, wie es scheint. „Und wir werden uns mit dir verpaaren.“

Mein Atem stockt, als er seinen Mund auf meinen presst. Sein Kuss ist eine Invasion. Eine Forderung. Ich wehre mich, aber er ist ein großer Mann. Seine Überlegenheit über mich ist immens. Er bittet nicht um Kontrolle, er nimmt sie sich.

Er zieht seine große Hand von meiner Kehle und packt meinen Hintern, hebt mich hoch und drückt mich gegen ihn. Sein harter Schwanz streift über meine entblößten Schamlippen, der grobe Stoff seiner Hose scheuert mich.

Aus Protest stoße ich mich gegen ihn, während ich an seinem Mund stöhne und durch die schmerzhafte Reibung fast komme. Meine aufgewühlten Gefühle wenden sich gegen mich.

„Du wirst uns in allem gehorchen“, knurrt er gegen meinen Mund. Sein unerbittlicher Rhythmus macht es mir schwer, mich zu konzentrieren. „Du gehörst jetzt zu uns.“ Sein Griff in meinem Haar lässt meine Augen brennen, als er meinen Kopf zurückzieht. „Ist das klar?“

Ich nicke und unterdrücke ein Schluchzen, als sich mein Innerstes mit kleinen Beben zusammenzieht. Sein Kuss ist dieses Mal gemächlicher, aber nicht weniger verheerend. Er packt meinen Hintern und dreht mich von der Wand weg. Ein Körper presst sich an meinen Rücken. Ich schrecke auf, als ein weiteres Paar rauer Hände beginnt, mich zu erforschen. Ein weiterer Mund, der mich schmeckt.

Zwei Männer.

Zur gleichen Zeit.

Ich war noch nie mit zwei Männern zusammen. Das ist zu viel.

Überwältigt von dem Gefühl keuche ich. Ich versuche,

mich wegzudrücken, aber Cal knurrt gegen meinen Mund. Sein Griff um mich wird fester. Keins schwielige Fingerspitzen streichen über mein Geschlecht. Meine Gedanken überschlagen sich panisch. Seine Finger dringen mit Leichtigkeit in meine Hitze ein. Tränen der Scham brennen in meinen Augen, weil ich so feucht bin.

„Sie ist bereits feucht", sagt Kein anerkennend. „Du bist bereit für uns, kleine Gefährtin."

Der Gedanke, dass sie mich ficken könnten, macht mir Angst. Das Entsetzen darüber, wie sehr ich es will. Mit mehr Kraft, als mir bewusst ist, stoße ich gegen sie, ziehe meine Beine an und trete um mich. Ich schreie meine Verweigerung heraus und kratze und kralle nach ihnen.

Meine Welt wird auf den Kopf gestellt. Es verschlägt mir den Atem, als ich über einen dicken Oberschenkel geschleudert werde. Ohne Vorwarnung landet eine Handfläche mit voller Wucht auf meinem Hintern. Schmerz durchzuckt meinen Körper und raubt mir den Atem. „Nein!", schreie ich.

Eine Hand in meinem Nacken drückt mich hinunter.

Mein Peiniger setzt sich auf eine Art schwebenden Stuhl ohne Beine und versohlt mich erneut. „Du wirst dich uns nicht widersetzen." Seine Handfläche trifft mich erneut und ich zucke zusammen. Ich spanne meine Pobacken an. „Du wirst uns nicht verweigern, wonach dein Körper sich sehnt."

Wieder schlägt mich die Hand mit bösartiger Sicherheit und meine Haut kribbelt vor Hitze. Wärme breitet sich tief in meinem Unterleib aus. Und es ist umso demütigender, weil ich nicht betäubt bin. Es sind keine fremden Drogen, die durch meinen Körper rauschen und mich so fühlen lassen. Ich muss mir mit jedem Stich, der mein Fleisch entzündet, ein Stöhnen verkneifen.

Tränen fließen über mein Gesicht.

Ich versuche, mich zu bewegen. Aufzustehen und wegzuzappeln, aber ich kann mich nicht bewegen. Machtlos gegen seinen Griff, der mich für jeden dieser herrlich schrecklichen Hiebe fest an Ort und Stelle hält.

Erregung tropft aus meinen Schamlippen. Ein dicker Kloß der Schande bildet sich in meiner Kehle und will mich ersticken.

Starke Oberschenkel bewegen sich unter mir und eine Erektion pulsiert an meiner Hüfte. Die Schläge werden langsamer. Ich höre auf, mich zu wehren, rutsche zurück und ein Schluchzen erschüttert mich. Er drückt sanft auf mein missbrauchtes Fleisch und ich kann mir ein Wimmern nicht verkneifen, als pulsierende Wärme durch mich rauscht.

Eine zaghafte Hand gleitet zurück zu meinem Geschlecht. Mein Körper erstarrt, ich schließe die Augen, als große Finger in mich eindringen und mich dehnen.

„Bist du immer so feucht?" Cals Stimme ist wie Sand und Stahl, voller Ehrfurcht. Sie trägt nicht dazu bei, meine Verlegenheit zu lindern.

„Nein", bringe ich hervor. Eine weitere Träne der Demütigung benetzt meinen Haaransatz, während klebrige Spuren der Nässe meine Schenkel bedecken. Ich war noch nie in meinem Leben so erregt.

„Das ist also nur für uns?", fragt Kein. Er kniet hinter mir und sein Atem haucht warme Luftstöße auf mein Geschlecht.

Ich beiße mir auf die Lippe, als mehr flüssige Wärme über Cals Finger läuft.

Cals Glucksen ist das von überraschter Freude. „Du bist ein Wunder, Weibchen."

Ich will ihn korrigieren. Mein Name ist Allyson.

Allyson Hendricks. Aber seine glitschigen Finger haben meine Muschi verlassen und kreisen nun um mein entblößtes Poloch.

Ich schließe die Beine und kneife panisch die Pobacken zusammen. „Nein, nicht da", schreie ich. Meine Stimme ist ein schrilles Kreischen.

Kein beißt mir in den geröteten Hintern, um mich zurechtzuweisen. Mit kräftigen Händen presst er meine Beine leicht auseinander. Cal hält mich immer noch mit der Faust am Nacken fest.

„Entspann dich und lass ihn forschen", sagt Kein. „Du musst lernen, uns zu vertrauen und zu gehorchen. Wir werden dir keinen Schaden zufügen."

Mein pulsierender Hintern erzählt eine andere Geschichte. Unsere Definitionen von Schaden mögen unterschiedlich sein, aber ich beruhige mich und zwinge mich, mich zu entspannen. Zur Ruhe zu kommen. Das hier wird offensichtlich passieren, ob ich es nun will oder nicht. Mich dagegen zu wehren, wird es nur noch schmerzhafter machen.

„Man sagt", sagt Cal und seine Stimme ist voller dunkler Verheißung, „dass manche menschlichen Weibchen allein dadurch ihre Lust erreichen können." Er sammelt mehr von meiner Nässe ein und reibt sie über mein Loch, bis er einen breiten Finger hineinschieben kann. „Ich glaube, du bist eines dieser Weibchen."

Stumm schüttle ich verneinend den Kopf und klammere mich an sein Hosenbein, als er herausgleitet und mit einem weiteren Finger eindringt. Die Dehnung brennt, aber sie erweckt auch Nervenenden, von denen ich nicht wusste, dass sie erweckt werden können. Ich bin noch nie dort berührt worden. Nicht einmal von meinem Arzt. Nicht einmal von mir selbst.

Kein presst seinen warmen Mund auf mein Geschlecht, während Cal mit seinen Fingern in mich stößt. Hitze durchströmt mich, durchdringt mich. Kein leckt meinen Honig eifrig mit seiner breiten Zunge ab.

Mit zugekniffenen Augen kämpfe ich gegen die Lust an, die durch meinen Körper strömt, und will mich dieser Misshandlung nicht hingeben. Will nicht nachgeben.

Dicke Finger werden zwischen meine Schamlippen gebohrt. Sie füllen mein Geschlecht und bewegen sich in einem anderen Tempo als die Finger, die mich bereits dehnen. Eine Zunge umkreist meine Klitoris, Zähne streifen über das Nervenbündel, als er abwechselnd leckt und saugt.

„Wir können spüren, wie sehr du dich nach Erlösung sehnst. Lass dich gehen, Weibchen“, sagt Cal über mir. Er stößt seine Finger weiter in mich, während er mich mit der anderen Hand festhält.

Ich zittere in meinem Bemühen, mich zurückzuhalten, und Schweiß prickelt über meine Haut.

Es führt nur dazu, dass mir ein Schauer über den Rücken läuft. Mein Orgasmus überwältigt mich ohne Erlaubnis und überschwemmt meinen verräterischen Körper. Ich habe die Augen fest geschlossen, als ein Zittern von meinem Geschlecht ausstrahlt und ich einen erstickten Schrei der Vollendung ausstoße.

Glücklicherweise hören ihre Berührungen auf. Ihre Finger und Zungen lassen mich leer zurück.

„Sehr gut. Und jetzt paaren wir uns.“ Cals geknurrter Befehl jagt mir einen Schauer der Vorfreude und des Entsetzens über den Rücken.

Kapitel Vier

ALLYSON

„Ich kann euch nicht beide in mir aufnehmen." Meine Stimme ist nur ein Hauch. Misstrauisch beäuge ich Cals massive Erektion, die sich deutlich in seiner Hose abzeichnet, als er mich zwischen seinen Schenkeln auf die Füße stellt.

Mein Hintern schmerzt noch immer, weil er von seinen Fingern gedehnt wurde. Bei dem Gedanken, dass er seinen großen Schwanz dort hineinsteckt, will ich am liebsten ohnmächtig werden.

Er streichelt meine Wange. Eine Geste, die ebenso seltsam tröstlich wie unangebracht ist. „Nein, nicht dieses Mal. Aber du wirst es."

Mein Geschlecht verkrampft sich bei seinem Befehl. Er küsst mich mit einem trägen Aufeinandertreffen der Münder. Seine Zunge erforscht und schmeckt mich. Meine akzeptiert, wenn auch zaghaft.

„Du wirst erst meinen Bruder nehmen und dann mich“, sagt er gegen meine Lippen.

Kein zieht mich an der Hüfte zurück und drückt mich dann zwischen den Schulterblättern nach vorn, bis meine Wange auf Cals Oberschenkel ruht. Mein Magen zieht sich zusammen und ich mache mich bereit. Das übergroße T-Shirt, das ich trage, rutscht nach unten und bauscht sich an meinem Hals und meinen Schultern zusammen. Cal reißt es mir vom Leib und wirft es auf den Boden, sodass ich wieder nackt bin.

„Sie ist so üppig“, sagt Kein. Seine Stimme klingt tief und anbetend. „Wir haben noch nie etwas wie dich erlebt, kleiner Mensch.“ Er streicht mit einer Hand auf meinem Rücken auf und ab, packt meine Hüfte und hinterlässt mit seiner heißen Erektion feuchte Spuren auf meinem Hintern. „So ist es gut, meine kleine *Zepka*“, sagt er in einem grollenden Schnurren voller sinnlicher Verheißung. „Ich werde dich genau so nehmen.“

Ich klammere mich an Cals Beine und versuche, auszublenden, was mit mir geschieht. Mich loszulösen. Aber ich spüre jede Schwiele von Cals großen Händen, die er auf meine Schultern drückt, um mich festzuhalten. Die Wärme von Keins Schwanz, der sich an mein zartes Fleisch schmiegt. Sein Griff um meine Hüfte.

Ich schnappe nach Luft, als er seinen Umfang in mich hineindrückt, mich dehnt und meinen Körper zwingt, sich ihm zu beugen. Er hält in mir inne und lässt meinem Körper Zeit, sich an seine Größe anzupassen.

„So ist es gut, Kleines. Erlaube deinem Körper, sich um mich herum zu entspannen.“ Keuchend versuche ich, mich zu entspannen, aber jede seiner Erhebungen und Wölbungen drückt fest gegen meine inneren Wände. Mein Geschlecht zuckt und wir stöhnen beide.

Cal greift unter mich und berührt meine Brüste. Meine Brustwarzen sind durch die Elektroden, die ich jeden Tag tragen muss, besonders empfindlich. Jedes Zwicken lässt meinen Körper verkrampfen.

Er lehnt sich zurück, um sich aus der Enge seiner Hose zu befreien. Direkt vor meinem Gesicht. Er streicht an seiner tropfenden Länge hinunter und wieder hinauf. Bei diesem Anblick ergießt sich neue feuchte Hitze auf Keins Schwanz und sein Griff um meine Hüfte wird fester.

Cal greift mit der Faust in mein Haar und neigt meinen Kopf nach hinten. „Aufmachen. Ich will deinen Mund", knurrt er. Ich schlucke nervös. Ich habe noch nie darauf gestanden, Männern einen zu blasen, aber der Anblick von Cals Schwanz lässt meine Muschi zucken und meinen Mund wässrig werden. Er schaut mich erwartungsvoll an.

Ich stütze mich auf seinen Schenkeln ab, während Kein in mich stößt, und lecke vorsichtig über Cals samtige Länge. Ich erwarte einen moschusartigen Geruch, einen berauschenden Geschmack. Obwohl er genauso aussieht wie ein menschlicher Schwanz, ist sein Geschmack fast süß. Ich verkneife mir ein genussvolles Stöhnen, als Kein die empfindliche, magische Stelle in mir trifft.

Kein stöhnt mit einem Fluch. In einer mir unverständlichen Sprache. Er stößt fester in mich hinein und Cal beobachtet aufmerksam, wie ich meine Lippen um ihn schließe. Ich versuche, mich aufs Blasen zu konzentrieren, aber als Kein sich weiter in mir bewegt, zerstreuen sich alle meine Gedanken. Sperma tropft in einem kontinuierlichen Strom heraus. Es schmeckt leicht nach Ananas. Ich wirble mit meiner Zunge um die Eichel herum, schlecke den reichhaltigen Geschmack auf, bis ich ihn sauge. Mit weit geöffnetem Mund überwältigt mich eine hedonistische Kraft.

Unerwartete weibliche Befriedigung und Macht durchzucken mich beim Klang seines stockenden Atems.

Cal hält mich an meinem Haar fest, während Kein beginnt, mich heftig zu ficken. Ich kann mein Stöhnen nicht mehr zurückhalten und verliere jeden Rhythmus und jede Finesse, die ich vielleicht hatte, als mein Körper zu zucken beginnt. Cal übernimmt das Kommando, stößt in meinen Mund und schlingt meine Hand mit seiner eigenen um seinen Schwanzansatz. Er benutzt mich, um ihm einen runterzuholen.

Überwältigt bin ich den Männern schutzlos ausgeliefert, während sie in mich stoßen.

Nasse, glitschige Geräusche von klatschender Haut und das Summen unseres Stöhnens erfüllen den Raum in einer Disharmonie orgastischer Lust. Mein Puls, der in meinen Ohren rauscht, übertönt fast alles andere.

Kein schwillt in mir zu unvorstellbarer Größe an. Ich wimmere und versuche, mich zurückzuziehen. Es ist zu viel. Ein dicker Wulst drückt auf diese perfekte Stelle. Ich werde zerrissen. Zerschmettert. Ich schreie um Cals Schwanz herum, als ich Kein meinen Arsch entgegenstoße. Kein überflutet mich mit flüssiger Wärme, bis sie an meinen Schenkeln hinunterläuft, und ich komme immer noch. Zuckend.

Cal hält mich auf seinem Schwanz fest, bis meine Augen tränen und meine Kehle würgt. Er zieht mich von sich ab und spritzt auf meine Lippen. Über meine Brüste. Aber er ist immer noch hart und sein Gesicht eine Maske gierigen Verlangens.

In der Sekunde, in der Kein sich mir entzieht, hat Cal mich auf dem Boden, spreizt meine Beine weit und dringt mit kräftigen, harten Stößen in mich ein.

Ich fühle mich wie in zwei Teile gespalten. Meine

Schreie kommen heftig heraus. Ich kralle meine Fingernägel in seine Schultern und seinen Rücken. Mein Körper ist in einem Orgasmus gefangen, der in seiner Intensität fast schmerzhaft ist. Ich will ihn gleichzeitig abschütteln und tiefer in mir spüren.

„Bitte", keuche ich, ohne zu wissen, worum ich bettle.

Seine Länge schwillt an, ich bin übervoll, aber er stößt immer noch weiter. Er greift zwischen uns und reibt mit dem Daumen über meine Klitoris. Weiße Sterne explodieren vor meinen Augen. Mein Körper zittert mit Intensität. Er schreit über mir, als er mich mit seiner Essenz zum Überlaufen füllt.

Ich bebe und reite auf den Wellen der Besinnungslosigkeit.

CAL

Ich hatte nicht vor, sie noch einmal anzufassen. Mein Bruder hat sich bereits emotional an sie gebunden, wie es für unsere Art nicht vorstellbar ist. Aber ihr Duft, als wir zu ihrer Zelle gingen, ließ meinen Schwanz schmerzen. Ich spürte ihre Verzweiflung, als sie daran dachte, dass man ihr das Kind wegnehmen würde, und ich wollte alle Zapex auslöschen, um sie zu schützen.

Sie ist eine Schwäche.

Fluchend drehe ich mich mit ihr in meinen Armen auf den Rücken. Ich stecke immer noch tief in ihr. Selbst besinnungslos gibt sie jedes Mal, wenn mein Schwanz zuckt, kleine grunzende Sexgeräusche von sich. Diese Laute und das Gefühl ihrer geschmeidigen Gestalt, die auf meiner Brust liegt, wecken den Wunsch in mir, sie noch einmal zu nehmen. Ich frage mich, ob es für die Menschen immer so ist. Dieser ständige Appetit.

Die eigenen Schwächen des Weibchens spielten mit ihrer Erregung und steigerten sie. Es muss ein menschlicher Charakterzug sein.

Mein kybernetischer Sensor warnt mich vor einer Temperaturveränderung in unserer Kabine. Die Matte an meinem Rücken erwärmt sich.

„Ihre Haut kribbelt. Ich will nicht, dass sie sich erkältet", sagt Kein auf meinen fragenden Blick hin, als er sich neben mich fallen lässt.

Ihre Haut ist voller kleiner Beulen, weil sie kühl ist, und ich war zu sehr in Gedanken versunken, um es zu bemerken. Abgelenkt. Unvorsichtig, unbedacht. Ich ekle mich vor mir selbst.

„Wir müssen unsere Matten zusammenschieben, damit wir mehr Platz haben, um sie zu teilen."

Ich grunze zustimmend. Es ist mir egal. Er kann sie für sich selbst haben und ich werde mich einfach an ihrem Körper bedienen. So ist es sicherer. Meine Arme schlingen sich wie von selbst instinktiv um ihren kleinen Körper, weil ich meinen gleichen Anteil nicht abgeben will.

Kein hat eine Locke ihres Haars um seinen Finger geschlungen, während er die Konturen ihres Gesichts und ihrer Lippen nachzeichnet. Ich weiß, dass er fasziniert von ihr ist. Sie ist anders als alles, was wir je kannten.

„Wie war ihr Mund?"

Überragend. Ich werde das Bild und das Gefühl ihrer Zunge, die meine Essenz aufsaugt, für den Rest meiner Tage in mir tragen. Mit ihrem Mund um meinen Schwanz geschlungen, könnte ich glücklich sterben. „Ihre Muschi ist besser."

Er gibt einen Laut des Unglaubens von sich. Er kennt mich zu gut.

Ich fühle eine Zuneigung zu ihr, sagt er durch unsere Gedankenverbindung und bestätigt meine Befürchtungen. Es ist für unsere Art nicht sicher, Bindungen zu entwickeln. Wir wissen es beide, aber ich scheine der einzige Vernünftige hier zu sein. *Sie ist schwanger*, fährt er fort.

Ich bemühe mich, als Reaktion nicht einmal zu zucken, aber mein Herzschlag beschleunigt sich und mein innerer Sensor arbeitet daran, ihn zu beruhigen. *Woher weißt du das?*

Ich konnte es an ihr schmecken. Ich bin überrascht, dass wir es nicht riechen können.

Das bin ich auch. Die Zapex verlassen sich stark auf außersinnliche Wahrnehmung durch Berührung, aber ihre physischen Sinne sind fast so stark wie unsere. Wenn wir es nicht riechen können, können sie es auch nicht. Das verschafft uns etwas mehr Zeit.

Wir dürfen sie oder das Kind nicht den Zapex überlassen, sagt er.

Ich weiß, dass er recht hat, aber ... *Unsere Kameraden werden nicht erfreut sein.*

Nachdem wir Monrok die Daten der Zapex über die Erde, dem Land unserer Herkunft, entdeckt hatten, studierten wir ihre Erkenntnisse über die Menschen. Als mächtige Wesen haben wir Monrok uns immer über unsere Knechtschaft geärgert, aber eine Art der Zwietracht ging unter den Monrok auf, als wir entdeckten, was uns wirklich genommen worden war. Wir sind nicht nur Schöpfungen der Zapex. Wir wurden als Menschen geboren, gestohlen und fortgeschafft und unserer rechtmäßigen Existenz auf der Erde beraubt.

Unsere Bemühungen für einen Aufstand wurden auf

Eis gelegt, als wir die Pläne der Zapex zur Ernte der Menschen aufdeckten. Die Wachposten rund um die Erde sind mit Zapex besetzt. Wir betrachteten die Ernte als effizientes Mittel zur Gewinnung von Weibchen. Es gab viele, die die Erde für sich beanspruchen und alle Zapex auslöschen wollten. Diese Monrok haben einen Rachedurst, der jegliche Vernunft übersteigt. Unsere Zahl ist zu gering. Die Barrieren, die die Zapex um den fernen Planeten errichtet haben, sind zu groß.

Eine Rebellion könnte uns alle in den Tod stürzen. Offene Auflehnung wird nicht geduldet werden. Die Zapex glauben, wir existieren, um ihnen zu dienen – oder wir existieren überhaupt nicht. Die Zapex werden uns jagen. Es wird Krieg geben.

Schließlich einigten sich die Monrok darauf, dass wir bis zur Ernte warten würden, nachdem die Zapex viele Menschenfrauen eingesammelt hatten. Weibchen, die wir für uns selbst in Anspruch nehmen konnten. Erst dann würden wir unsere Pläne für einen Aufstand in die Tat umsetzen.

Sie könnten durch die Gegenwart anderer Weibchen überzeugt werden, meint Kein. Das ist leicht zu sagen, während er sein eigenes Weibchen streichelt. Es gibt ein paar Weibchen an Bord. Nicht genug, um alle Monrok zu besänftigen, selbst wenn sie sich paarweise binden.

Mein Bruder und ich hatten vermutet, dass sich weitere Weibchen in der Krankenstation befinden. Zu wissen, dass es ein Weibchen gibt, bedeutet wahrscheinlich, dass sie auch andere haben. Sich in den Hauptrechner des Schiffes zu hacken, war eine einfache Aufgabe. Wir identifizierten zusätzliche Lebensformen in den Zellen am Ende des Korridors, in dem auch unser Weibchen festgehalten wurde. Da wir uns nicht sicher waren, wie die Nachricht aufgenommen werden würde – und aus Egoismus, um unser eigenes Weibchen zu schützen –, haben wir es den anderen noch nicht erzählt. Das macht es schwierig, den Optimismus meines Bruders zu teilen.

Wenn wir die Unterstützung der anderen nicht für uns gewinnen, sind unsere Überlebenschancen begrenzt, werfe ich ein. Kein würde für den Schutz des Weibchens bereitwillig sterben, aber mir geht es mehr darum, ihn zu beschützen. Wenn das alles nicht so läuft wie geplant, könnten wir alle quer im Universum verstreut enden und für den Rest unseres Lebens auf der Flucht sein.

Würdest du lieber mit unseren Kindern auf den Feldern sterben, die unter Androhung der Peitsche arbeiten, weil wir gezögert haben? Selbst über die Gedankenverbindung ist sein Tonfall tadelnd, dieser verdammte *Hadhr. Oder vielleicht werden unsere Kinder in den Labors umgestaltet. Glaubst du, sie würden es so überleben wie wir? Glaubst du, das Weibchen würde lieber im Kampf um seine Freiheit sterben oder um den Tod betteln, nachdem man ihr das Kind weggenommen hat?*

Es gibt diejenigen, die versuchen werden, dir dein Weibchen wegzunehmen, füge ich hinzu.

Unser Weibchen, meinst du? Sie gehört nicht nur mir.

Ich ignoriere das. *Es wird Anarchie herrschen, weil es so wenige Weibchen gibt.*

Sie trägt unser Junges in sich.

Es wird nicht einfach sein, das Weibchen vor neidischen Brüdern zu beschützen, ob sie nun unsere Jungen austrägt oder nicht. Das weiß ich so sicher, wie ich Monrok bin.

Du bist also nicht meiner Meinung?

Verflucht soll er sein. Er weiß, dass ich ihn nie im Stich lassen würde. *Wie lautet der Plan?,* frage ich resigniert.

Das medizinische Notfallshuttle steht voll beladen am

Tor von Hangar eins bereit, sagt er mir. Er rollt sich auf den Rücken und schließt die Augen. Er ist das Abbild eines Mannes, der sich nach einem heftigen Paarungsakt ausruht, auch wenn ich weiß, dass er vor Aufregung innerlich summt. Wir haben schon vor langer Zeit gelernt, dass die Zapex uns jederzeit mit elektronischen Ohren und Augen überwachen. Es wäre unklug, unsere Wachsamkeit zu verlieren.

Das wird unser Schiff sein, fährt er fort. *Wir müssen den Peilsender deaktivieren, aber wir können es nicht riskieren, bevor wir nicht bereit sind, zu gehen.*

Wir werden am Ende dieses Zyklus einen Sprung machen, sage ich zu ihm und mache bereits eine Bestandsaufnahme von allem, was wir brauchen werden – und von allen Eventualitäten, die uns widerfahren könnten.

Aufgrund seiner immensen Größe schalten sich die Sensoren dieses Schiffes bei einem Sprung ab. Wenn unser Timing perfekt ist, wird unser Ausstieg erst angezeigt werden, wenn wir bereits weit weg sind.

Es gibt viele Planeten in den äußeren Regionen, die sich gerade in der Regeneration befinden, sagt er, und ich weiß, worauf er anspielt.

Als wir über einen Aufstand sprachen, wurde vorgeschlagen, dass wir einen Planeten für uns beanspruchen. Planeten außerhalb der Jun'pn-Galaxie werden oft erobert und ihrer natürlichen Ressourcen beraubt. Dann werden sie für mindestens tausend Jahre unberührt gelassen, um sich wieder zu regenerieren. Die meisten dieser Planeten sind unbewohnbar. Aber auf ein paar von ihnen könnten wir untertauchen. Wenn es genug von uns gäbe, könnten wir jeden abwehren, der in unseren Luftraum eindringt.

Ohne die Hilfe der anderen müssten wir uns verstecken, möglicherweise zwischen Planeten hin und her springen und stets in Alarmbereitschaft bleiben.

Mithilfe unserer internen Datenbank schickt er mir den Status des von den Monrok gewählten Planeten. Es wird immer noch Gefahren für einen Menschen geben, aber der Planet ist riesig und bietet Millionen von möglichen Verstecken. Die Luftqualität ist für unser Weibchen geeignet. Er befindet sich erst seit fünfhundert Jahren in der Regeneration und liegt nahe genug am Ko'sar-Territorium, um die Zapex davon abzuhalten, übermäßig lange zu suchen.

Ich suche in meinem Kopf nach alternativen Planeten, scanne und verwerfe diejenigen, auf denen ein Mensch nicht existieren könnte, und schicke ihm die Koordinaten derjenigen, die als Ersatz infrage kommen könnten.

„Du solltest dich um das Weibchen kümmern. Ich glaube nicht, dass sie es zu schätzen wüsste, in unserer Essenz aufzuwachen", sagt Kein, der sich aufrichtet und in seine Hose schlüpft.

„Warum kümmerst du dich nicht um sie?"

„Ich bin im Dienst." *Außerdem werde ich diese Gelegenheit nutzen, um unsere Brüder an Bord über die Frauen zu informieren. Ihre Unterstützung gewinnen. Nachricht an alle Monrok in der Galaxis zu senden. Unsere Pläne in die Tat umzusetzen. Es ist so weit.*

„Jetzt?" Ich kann mit dem Weibchen nicht allein gelassen werden. „Aber wir sollen uns doch verpaaren." Alle unsere Verpflichtungen sollten abgesagt werden.

„Ich nehme an, sie haben berücksichtigt, dass wir zu zweit sind, sie aber nur eine Geschlechtsöffnung hat."

„Sie ist dein Mensch", sage ich.

„Sagst du mit deinem Schwanz in ihr drin."

Ich löse mich von ihr. Ich lasse sie auf die Matte sinken, ignoriere ihr Wimmern, als sie sich an mich klammert, und stehe auf. „Du solltest bleiben. Ich werde deine Aufgaben übernehmen." *Und die Unterstützung der anderen einholen. Es ist ja nicht so, dass uns jemand auseinanderhalten kann.*

Hast du Angst, dass sie dir ans Herz wachsen könnte?, spottet er.

Verdammt, er weiß genau, dass das der Grund ist. Einer von uns muss einen klaren Kopf bewahren.

Sie ist unsere Gefährtin. Du kannst dich genauso gut an ihre Anwesenheit gewöhnen. Die Tür gleitet auf und er tritt hinaus. *Ich werde dich auf dem Laufenden halten. Wenn du nichts von mir hörst,* „Ich werde in ein paar Schichten zurückkehren. Versuche, sie dann sauber und bereit für mich zu haben", sagt der eingebildete *Aheh* über seine Schulter auf dem Weg nach draußen.

Sie für ihn bereit haben?

Er wird sie so erschöpft vorfinden, dass sie erst wieder aufwachen wird, wenn es Zeit für unseren Abschied ist. Bedeckt mit meiner Essenz. Ich finde den Duft meiner Essenz an ihr angenehm. Wenn sie sie entfernen will, soll sie es selbst tun.

Das Weibchen grummelt in ihrem Schlummer und lenkt meine Aufmerksamkeit auf ihre ausgestreckte Gestalt. Ein Schnarchen. Wie menschlich. Warum müssen wir uns mit einem Menschen mit defektem Nasengewebe herumschlagen? Ich frage mich, ob sie nicht ausreichend Luft bekommt. Ich drehe sie mit meinem Fuß leicht auf die Seite. Ihr seidiges Mondstrahlenhaar fächert sich hinter ihr auf. Sie schnieft, bevor sich ihre Atmung beruhigt.

Das war genug.

Sie rührt sich im Schlaf und blinzelt mich mit ihren strahlend blauen Augen an. Verwirrt rümpft sie die Nase. Kein hat recht. Sie ist so niedlich wie eine *Zepka.*

Sie setzt sich auf und gähnt, wobei sie ein wenig zusammenzuckt. Dann schaut sie sich um und schlingt ihren schlanken Arm um ihre Brüste, als könnte sie so ihre Blöße verbergen.

Der Gestank der Scham strömt von ihr aus.

Ich kann es nicht verstehen. Unser Mensch hat einen seltsamen Zwang zur Schüchternheit.

„Cal?", fragt sie.

„Ja, ich bin es." Obwohl ich nicht weiß, woher sie das weiß.

„Wo ist Kein?", fragt sie.

Ich spüre ihr Unbehagen, mit mir allein zu sein, und hadere mit mir selbst. Wäre es klug, sie zu trösten? „Brauchst du etwas, Mensch?" Sie schüttelt den Kopf und windet sich. Aus ihren Augen tritt Feuchtigkeit. Eine Träne. Sie läuft über ihre Wange und sie wischt sie hastig weg. „Ein Bad wäre schön."

Natürlich will sie unsere Essenz abwaschen. Es ärgert mich, dass Kein recht hatte.

„Wir haben etwas, das man *Bak* nennt und einer menschlichen Dusche ähnelt."

„Ich glaube, das habe ich schon einmal erlebt." Sie streicht sich eine dicke Haarsträhne hinters Ohr und erhebt sich auf wacklige Beine. „Nicht die angenehmste Erfahrung, aber in der Not frisst der Teufel fliegen."

Ich verstehe diese Not eines Teufels nicht und durchsuche meine menschlichen Daten. Es ist eine Redewendung. Es gibt einen umfangreichen Katalog von Begriffen. Ich suche und finde eine adäquate menschliche Antwort, während ich auf ihre wohlgeformten Brüste starre. Ich möchte sie gern berühren. Sie in meinen Mund saugen, wie ein Säugling, der sich von ihnen nährt. „Es ist das Beste, seit es Brot in Scheiben gibt."

„Was?"

Ich spüre Verwirrung und Besorgnis. „Das *Bak*“, erkläre ich. „Es ist eine praktische Erfindung, genauso wie geschnittenes Brot für Menschen.“

Sie öffnet den Mund und schließt ihn dann wieder. „Ja, das ist es.“

Mit zwei Schritten berühre ich die Wand und das Panel gleitet auf und gibt den Blick auf das *Bak* frei. Als sie zögert, deute ich mit einer Geste auf die Öffnung. Ich kann ihre Zurückhaltung spüren. Ich werfe einen Blick in das *Bak*. Dort ist nichts drin. „Möchtest du dich nicht desinfizieren?“

„Kommst du mit mir rein?“

Beklemmung. Unsicherheit. Sie strömen von ihr aus. Wenn sie schon bei der bloßen Vorstellung, sich zu desinfizieren, Angst bekommt, wird es schwierig werden, sie auf einem der Planeten am Leben zu halten, die sich gerade erst regenerieren.

„Schwacher Mensch“, murmle ich. Verärgert packe ich ihren Arm und lenke sie in die Richtung des *Baks*.

Sie wehrt sich. „Ich bin nicht schwach. Das Ding macht mir nur Angst.“ Sie zerrt erneut an ihrem Arm. „Und du tust mir weh.“ Sofort lasse ich sie los und sie reibt sich die Stelle, an der ich ihren Arm festgehalten habe. Verletzt. Verwirrt. Traurig.

„Du stinkst nach Emotionen.“

„Besser, als gar keine zu haben“, sagt sie, verschränkt die Arme und starrt mich trotzig an.

Und doch rieche ich ihre Angst.

Ich kann das wilde Stakkato der Panik in ihrem Herzschlag hören.

Jetzt entscheidet sie sich also, mutig zu sein? Ich bin viel gefährlicher als das *Bak*.

Die Instinkte dieses Menschen tun ihr keinen Gefallen. Es wäre ein Akt der Güte, sie jetzt zu terminieren. Sie wird das harte Leben nicht überstehen. Doch der Gedanke, sie zu vernichten, erfüllt mich mit einer krankhaften Leere.

Verärgert trete ich in das *Bak* und strecke ihr die Hand entgegen.

Sie tritt zögernd vor, als ob ich sie irgendwie austricksen wollte. Zumindest ist sie nicht völlig inkompetent. Vielleicht hält sie eine Schicht durch, ohne auf einer Pflanze wie dem *Therg* zu landen.

„Ich habe einen Namen", sagt sie und schaut zu mir auf. Ihr Ton klingt gereizt.

„Die meisten empfindungsfähigen Wesen haben einen", sage ich und ziehe sie zu mir heran, sodass das Panel uns in der Enge des *Baks* einschließt. Die Zapex sehen uns Monrok als niedere Wachhunde an, nicht mehr als nützliche Haustiere, aber selbst wir haben Namen.

Sie stößt einen verärgerten Laut aus. Ich verstehe nicht, was der Grund für ihre mürrische Haltung ist. Bin ich denn nicht mit ihr im Bak?

„Willst du ihn wissen?"

Ihren Namen? Der ist für mich nicht von Bedeutung. Sie wird immer noch ein weiblicher Mensch sein, so wie jede andere auch. Eine Art von Wesen, ohne das ich die letzten fünfzig Jahre existiert habe. Aber ich spüre, dass es für sie von Bedeutung ist. „Sag ihn mir."

„Allyson Eloise Hendricks", sagt sie, als wäre sie ein mächtiges Wesen.

Ich verstehe nicht, warum Menschen so viele Namen brauchen, die keine Bedeutung haben. Obwohl ... „Du musst deinen Namen jetzt ändern."

„Warum?"

„Es ist Tradition auf der Erde, dass ein Weibchen seinen Nachnamen ändert, wenn es sich paart. Du bist jetzt

Allyson Eloise von Cal und Kein." *Ja, ich mag diese Erden-tradition. Sie gefällt mir.*

Ich berühre die Schalttafel und starte unseren Reinigungszyklus.

Allyson Eloise von Cal und Kein schreit panisch auf und umklammert mich, als wir in Sterilisationsnebel gehüllt werden.

Auch das gefällt mir gut.

Kapitel Fünf

KEIN

Es ist vollbracht. Verschlüsselte Nachrichten wurden an Monrok auf Außenposten und Stationen in der ganzen Galaxis geschickt. Heute Nacht nehmen wir uns unsere Freiheit. Es kommen bereits zahlreiche Erklärungen der Loyalität zurück. So viele, dass sie meinen Datenfluss verlangsamen. Mein interner Hauptspeicher arbeitet daran, sie alle zu verarbeiten. Es ist ein Gefühl der Endgültigkeit, als ich den Flur in die Richtung der Unterkünfte hinunterschreite. Mein ganzes Leben lang bin ich durch diese oder ähnliche Gänge gegangen. Das wird sich jetzt ändern. Monrok neigen nicht zu Sentimentalität oder übermäßiger Fröhlichkeit – unsere internen Sensoren regulieren unsere Endorphinausschüttung und sorgen dafür, dass wir zufrieden sind –, aber ich erlebe ein neues Maß an Wohlbefinden.

Normalerweise überkommt mich vor Kämpfen, die wir gegen Spezies geführt haben, die nicht mit der galaktischen

Einheit der Jun'pn-Galaxie-Einheit verbunden sind, eine kalte Ruhe. Mein Verstand ist klar und meine Sensoren voll funktionsfähig, aber dieser Überschwang, der in mir aufsteigt, ist beunruhigend.

Analytisch betrachtet, frage ich mich, ob es an der Paarung mit dem Weibchen liegt oder ob es die Aussicht darauf ist, sich gegen die Zapex zu erheben. Wie dem auch sei, ich muss das Lächeln von meinem Gesicht zwingen, bevor ich das gemeinschaftliche Schlafquartier der Monrok an Bord betrete. Der Schichtwechsel bedeutet, dass die meisten Monrok zusammenkommen, sich ausruhen, um ihre Kräfte zu regenerieren und um Nährstoffe zu injizieren. Wären Cal und ich nicht zur Paarung auserwählt worden, wären wir mit dem Rest unserer Brüder hier und würden die gleiche alltägliche Routine durchlaufen.

Ich trete über die Schwelle der Unterbringung und schaue mir die Gesichter aller anwesenden Monrok an. Dies sind meine Brüder. Kameraden, an deren Seite ich gekämpft habe. Monrok, die überlebt haben, um diesen Tag zu erleben, aber heute Nacht werden einige dieser Männer sterben.

Stille macht sich breit und ich weiß, dass sie meinen Geruch wahrgenommen haben. Oder zumindest den Duft, der mir anhaftet. Den meines Weibchens. Ich stinke nach ihrem weiblichen Nektar vermischt mit meiner Essenz.

„Die Gerüchte über die Ernte sind wahr", sage ich und nehme kein Blatt vor den Mund. „Wir sollen verpaart werden, um Nachwuchs zu zeugen." Obwohl es nur sehr wenige Weibchen an Bord gibt, verdienen es diese Männer zu wissen, dass sie da sind. „Es gibt mindestens sieben weitere Weibchen an Bord, das meines Bruders und meins nicht mitgezählt. Einige befinden sich im Kälteschlaf. Wir werden keine Zeit mehr haben, um sie zu retten."

Es wird gemurmelt, Fragen, Beschwerden, Aufregung.

Ich winke mit einer beschwichtigenden Hand. „Wir haben nicht viel Zeit und wir wollen keine Aufmerksamkeit auf uns lenken."

Als sich alle beruhigt haben, tritt Krav nach vorn. „Was genau schlägst du vor?" Seine leuchtenden Monrok-Augen sind konzentriert, die Schultern angespannt, aber sein Körper ist locker. Ich lasse mich von seiner lässigen Haltung nicht täuschen. Krav ist ein furchtloser Krieger und ich weiß, dass er in diesem Moment zu allem bereit ist.

Jetzt kann ich das Lächeln nicht mehr zurückhalten, das über meine Lippen huscht. „Der Moment, den wir geplant haben, ist gekommen. Wir werden nicht länger ihre Wachhunde sein."

Auf meine Worte hin verziehen sich Kravs Lippen zu einem antwortenden Grinsen. „Die Zapex wollen uns zum Fortpflanzen zwingen. Unsere Jungen als Sklaven nehmen", erinnere ich sie. „Sie wollen unsere Weibchen jedem zur Verfügung stellen, mit dem sie züchten wollen. Das können wir nicht zulassen."

Mudah, ein riesiger Monrok, tritt vor. „Wir sind keine Bestien. Wir sind Monrok. Ich stehe auf deiner Seite." Er klopft sich auf die Brust und es gibt zustimmendes Grunzen.

„Sie werden uns verfolgen", sagt jemand.

„Und wir werden zusammenhalten und einen Planeten einnehmen, der sich in der Regeneration befindet. Wir werden für sie bereit sein", sage ich. „Ich gehe dieses Unterfangen nicht leichtfertig an. Und ich schlage es auch nicht nur den hier Anwesenden vor. Unsere Brüder in der ganzen Galaxis wurden informiert. Sie stehen hinter uns."

Situs tritt vor, sein Gesicht ist gezeichnet. „Eines dieser

Weibchen in der Krankenstation trägt vielleicht schon mein Junges in sich. Ich bin dabei."

Einer nach dem anderen treten alle vor.

„Wie entscheiden wir, wer die verbleibenden Weibchen bekommt?", fragt Cyrin und starrt mich erwartungsvoll an, ebenso wie die anderen etwa zwanzig Monrok im Raum.

Es wird nicht annähernd genug Weibchen für alle geben, aber ich habe eine teilweise Lösung für dieses Problem. „Um die Sicherheit der Weibchen zu gewährleisten, werden sie nur an diejenigen gehen, die bereit sind, sie zusammen mit einem Partner zu beanspruchen." Es gibt ein gewisses Murren, das war mir bewusst, aber es ist auch gut so. Ich hebe meine Hand, um Ruhe zu fordern. „Die Weibchen ... Ihr Geist ist stark", sage ich und denke an mein eigenes unverwüstliches Weibchen und daran, wie sie sich Cal und mir tapfer entgegenstellte, obwohl wir ihr kleines menschliches Dasein in einer Sekunde zerquetschen könnten. „Aber ihre Körper sind schwach. Sie haben keine Abwehr. Sie sind anfällig für Krankheiten. Es wird ihnen kalt. Zu warm. Sie müssen gefüttert und getränkt werden. Und die Paarung ..." Meine Leistengegend zieht sich zusammen, wenn ich nur daran denke, in ihre einladende Wärme zu sinken. „Es ist nicht dasselbe, wie wenn man sich selbst Erlösung verschafft. Euer Rücken ist verletzlich, während ihr fickt." Ich begegne den Blicken aller Männer im Raum. „Ihr werdet einen zweiten Mann brauchen."

Ich sehe einige Männer an, die sich einen Partner suchen und mehr als bereit sind, einen weiteren Mann zu akzeptieren, wenn es bedeutet, eine Gelegenheit zu bekommen, ihr eigenes Weibchen zu begatten. Ich muss mir etwas einfallen lassen, um zu entscheiden, wer sich die verbleibenden Weibchen zuerst aussuchen darf.

Situs schreitet auf mich zu und unterbricht meine Gedanken. Ich klopfe ihm mit der Hand auf die Schulter. „Hast du einen Partner gewählt?"

Er nickt Jual zu, der zurücknickt, und sie packen sich an den Unterarmen und Ellbogen, so wie es in der Jun'pn-Galaxie üblich ist. „Ich wurde zur Paarung gerufen", sagt er mit etwas Besorgnis.

„Wenn du gerufen wurdest, musst du gehen", weise ich ihn an, während meine Gedanken sich bereits wieder mit den bevorstehenden Plänen beschäftigen. „Niemand darf ahnen, was hier passiert. Wir treffen dich auf der Krankenstation." Mein Grinsen schwankt nicht. „Während du dich paarst, übernehmen wir den Hauptrechner und versiegeln alle Eingänge zur Krankenstation und den Andockbuchten. Das Schiff wird in weniger als einer halben Schicht springen. Wir müssen schnell handeln."

Ich vermisse mein Weibchen und frage mich, wie Cal mit ihr allein zurechtkommt. Situs geht und ich schaue zu den übrigen Monrok im Raum. Viele haben sich einen Partner gesucht. Einige unterhalten sich miteinander, während andere mit grimmigen Gesichtern und bereit für einen Kampf auf mich zu warten scheinen.

„Kameraden, Monrok, es ist an der Zeit."

ALLYSON

Ich hasse Cal.

Und ich hasse das *Bak*.

Ich weiß, dass ich ziemlich erbärmlich bin, weil ich Angst vor dem *Bak* habe, aber ich klammere mich trotzdem an ihn, als ob er mich beschützen könnte. Der Nebel hat mich einfach überrascht.

Erneut.

Der ganze Vorgang lässt die Erinnerungen an meinen ersten Tag in allen Einzelheiten wieder aufsteigen. Wenigstens ist der stechende Nebel dieses Mal nicht so schlimm. Ich glaube, es liegt zum Teil daran, dass ich ihn schon einmal erlebt habe.

Als der nächste Nebelzyklus uns umhüllt, habe ich aufgehört zu zittern, meine Arme sind jedoch immer noch locker um seine wohlgeformte Taille geschlungen. Der duftende Sprühnebel ist in mehr als einer Hinsicht beruhigend.

Cal fängt an, sanfte Kreise über meinen Rücken zu reiben, bis seine Hände meinen Hintern erreichen und dann wieder zu den Schultern hinaufgleiten. Ich bin mir ziemlich sicher, dass er mich inzwischen nur noch befummeln will, aber ich bin zu angeschlagen, um mich jetzt darum zu sorgen.

Es fühlt sich wie Zuneigung an. Nach Tagen der Angst und des Alleinseins bin ich bereit, sie anzunehmen, so falsch sie auch sein mag.

Ich lehne meine Stirn an die festen Muskeln seiner Brust. Für den Moment kann ich so tun, als wäre ich ganz woanders. Als wären wir andere Menschen.

Normale Menschen.

Menschen, die selbst entschieden haben, zusammen zu sein.

Meine Nervenenden erwachen unter seinen Berührungen zum Leben. Wärme breitet sich tief in meinem Unterleib aus. Meine Brustwarzen ziehen sich fest zusammen.

Es muss noch etwas anderes als nur Nährstoffe in

meinen täglichen Injektionen sein, denn ich habe mich noch nie so sexuell gefühlt. Es ist, als ob ein innerer Schalter umgelegt worden wäre.

Der Nebel hat aufgehört, aber er reibt das leichte Öl immer noch in meine Haut. Der Trockenzyklus wird durch seinen großen Körper blockiert und der Luftzug lässt meine Haut angenehm prickeln.

Ich reibe meine nackte Brust an ihm. Seine Erektion ist wie ein heißes Brandzeichen an meinem Bauch. Er hat keinerlei Körperbehaarung, soweit ich das beurteilen kann. Vom öligen Nebel glitschig streiche ich über die glatten, harten Furchen seines muskulösen Unterleibs. Jeder Zentimeter von ihm ist fest.

In Perfektion gemeißelt.

Er nimmt meine Hand und schlingt sie um seinen Schwanz. Meine Finger und mein Daumen berühren sich nicht. Wachsam starrt er auf mich herab. Er will sehen, was ich tun werde. Ich streiche über seine Länge und er zuckt in meiner Hand. Ich reiße meinen Blick zu ihm auf und er fährt mit den Fingern über mein Haar und streicht mir eine Strähne hinters Ohr.

Er gleitet mit dem Daumen über meine Lippen. „Ich kann mich nicht entscheiden, ob ich meinen Schwanz in deinem Mund oder in deiner Muschi bevorzuge.“

Mein Atem stockt in meiner Kehle, teils vor Empörung, teils vor verzweifelter Sehnsucht. Sein Ton ist lässig. Sogar gesprächig, aber seine Worte wirken wie dunkle Verführung.

Wenn ich nur daran denke, ihn wieder in mir zu spüren, ziehen sich meine Schenkel unwillkürlich zusammen. Ich bin immer noch wund zwischen meinen Beinen. Ich sollte nicht wollen, dass er mich fickt. Ich hätte es schon beim ersten Mal nicht wollen sollen. Aber was würde es schaden, ihm nachzugeben? Nur dieses eine Mal?

Er drückt sich noch enger an mich und reibt meine Hand an seiner Erektion hinauf und wieder hinunter. Mit seiner freien Hand greift er nach unten, um meine Brust zu umschlingen und an meiner Brustwarze zu ziehen.

Ich kann meine andere Hand nicht davon abhalten, über seinen harten, muskulösen Körper zu gleiten. Selbst sein Hintern ist straff definiert.

Er drückt mich mit dem Rücken gegen die kühle, glatte Wand. Sein Blick ist dunkel und bedrohlich.

Meine Hand zittert. Ich habe den Löwen erweckt. Er presst seinen Schwanz fest an mich und schon ist sein Mund auf meinem, verschlingend und verzehrend.

Verschwunden ist die Illusion meines vermeintlich sicheren Liebhabers. An seine Stelle ist ein Mann getreten, der sich nehmen wird, was er will, ob ich es nun will oder nicht.

Schuld und Scham kämpfen mit meinem Wunsch, mich ihm hinzugeben. Er soll mit mir machen, was ihm gefällt.

Das gefällt mir auch, wenn ich es zugeben muss.

Er stößt zwei Finger in mich hinein und ich kann mich nicht davon abhalten, mich an ihm zu reiben.

„Ich genieße es, in dir zu sein“, knurrt er gegen meinen Mund. „Deine feuchte Hitze, die mich umgibt. Ich will dich für mein Vergnügen aufspreizen.“ Sein Befehl lässt mich nur noch mehr wünschen, dass er mich genau hier gegen die Wand gedrückt fickt.

Auf seine Berührung hin gleitet die Tür auf und er zieht mich hinaus. Ich zittere, die Luft ist kühl auf meiner feuchten Haut. Ich erwarte, dass er dort weitermacht, wo wir aufgehört haben, aber er lässt mich unsicher stehen, als er an die gegenüberliegende Wand tritt und ein Fach öffnet. Was er in seinen Händen hält, als er sich umdreht, lässt meinen Mund trocken werden.

Es sind fast genau die gleichen Fesseln, die mir schon einmal angelegt wurden. Vor Nervosität zittere ich leicht.

„Was machst du da?" Meine Stimme klingt hoch und heiser und meine Atemwege sind verengt. „Die brauchst du nicht."

War ich zu willig? Ich habe schon von Typen gehört, die sich wünschen, dass ein Mädchen gegen sie ankämpft. Nervös weiche ich einen Schritt zurück. „Ich mag es nicht, gefesselt zu werden", sage ich, aber allein der Gedanke daran lässt Hitze in mein Geschlecht strömen.

Ich weiß nicht, wie ich etwas, das mich so sehr ängstigt, so anziehend finden kann. Aber so geht es mir auch mit Cal. Seine bloße Anwesenheit ist gefährlich, wie ein Raubtier in der Wildnis. Der Versuch, ihn zu streicheln, wäre ebenso verhängnisvoll wie tödlich.

Er lächelt. Es ist kein nettes Lächeln. „Ich kann es riechen, wenn du lügst. Kleine Gefährtinnen, die lügen, werden bestraft."

In Panik suche ich nach einer Tür. Der Raum besteht nur aus weiß verkleideten Wänden ohne sichtbaren Eingang. Ich kann mich nicht erinnern, durch welche Tür wir gekommen sind.

Im nächsten Augenblick liege ich auf der Matte. Meine Handgelenke sind gefesselt und über mir schwebt der sexuellste Mann, der mir je begegnet ist. Ich reiße schockiert an meinen Handgelenken. Er hat sich schneller bewegt, als es möglich sein sollte. Die Handschellen sind schwarz und so dünn, wie eines dieser Klackarmbänder, die ich als Kind hatte. Aber das hier sind keine dummen Armbänder für kleine Mädchen. Es ist eine Art von Technologie, die ich noch nie zuvor gesehen habe. Ich kann an meinen Handgelenken herumreißen, so viel ich will, aber ich bewege mich keinen Zentimeter von der Stelle.

Er fesselt meine Knöchel und rückt mich spöttisch zurecht, wobei er sich an meiner Frustration über meine Unbeweglichkeit erfreut. Er hebt meine Füße in einem gespreizten V in die Richtung meiner Schultern nach oben, bis ich komplett und unbequem aufgespreizt bin. Sobald er mich fixiert hat, setzt er sich zurück und begutachtet mich und sein Werk zufrieden.

Er schlägt mit der Hand auf meinen Hintern, raubt mir den Atem und sorgt dafür, dass sich noch mehr Wärme in meinem Unterleib ausbreitet. „Das gefällt dir auch, glaube ich."

„Nein", verneine ich schnell.

„Lügst du mich wieder an?" Er beobachtet mich aufmerksam, als er wieder und wieder mit der Hand zuschlägt. Ich winde mich, strecke meinen Hintern in die Luft und versuche, jedem Schlag auszuweichen. Er drückt mit einer Hand auf mein Becken und hält mich an Ort und Stelle fest. So zwingt er mich, seine strafende Züchtigung zu akzeptieren.

„Wenn ich das tue, wird dein köstlicher Arsch ganz heiß", sagt er, reibt den Stich weg und hinterlässt stattdessen ein pulsierendes Brennen. „Deine Muschi wird reifer." Mit süffisanter Genugtuung zeichnet er meinen feuchten Schlitz nach. Ich beiße mir auf die Lippe, erröte und schäme mich wieder einmal dafür, dass es mich so sehr erregt, festgehalten und versohlt zu werden.

„Ich glaube, ich werde es genießen, dass du mir gehörst." Er hebt seine Finger hoch, die mit meiner Erregung bedeckt sind. „Gefällt es dir, mir hilflos ausgeliefert zu sein, meine Allyson?", fragt er, bevor er die Erregung von seinen Fingern saugt.

„Nein." Ich schüttle verneinend den Kopf. „Ich will, dass du mich losmachst", sage ich, obwohl ich zu befürchten beginne, dass es eine Lüge ist. Sein Gesichtsausdruck ist so voll von dunkler Verheißung, dass ich nicht mehr freikommen will. Ich will nur noch, dass er mich berührt.

Mich schmeckt.

Bei meinen Knöcheln angefangen, tut er genau das. „Ich habe noch nie etwas so Angenehmes gekostet wie dich, mein kleiner Mensch." Er küsst und leckt sich seinen Weg an meinem Bein hinauf und streicht neckend über meine Mitte, bevor er über meinen Bauch nach oben gleitet und an meinen Brüsten saugt. Er kneift und rollt meine empfindlichen Brustwarzen mit seinen Zähnen, stößt seine verruchten Finger in meine Hitze und spielt mit mir. Füllt mich aus.

Ich quietsche und strecke meine Hüfte seinen Fingern entgegen.

„Dein Körper schreit nach mir." Er reibt mit seinem Daumen über meine Klitoris. Nicht hart genug. Seine Finger ficken in mich hinein, in langen Zügen, ohne mir die nötige Stimulation zu geben. „Er weiß, zu wem er gehört."

Ich schüttle verneinend den Kopf, selbst als flüssige Hitze zwischen meine Arschbacken rinnt und ich mich winde. Ich möchte ihm sagen, dass ich ihm nicht gehöre. Ich gehöre niemandem, aber ich will auch ausgefüllt werden. Gefickt werden. Ich bin verkrampft und stehe kurz vorm Durchdrehen.

„Warum fickst du mich nicht endlich?" Meine Frustration verwandelt sich in Wut. Er hat bereits bewiesen, dass er Macht über mich hat. Warum mit mir spielen?

„Noch nicht. Ich genieße es, dich zu lernen." Seine

Finger treffen genau die richtige Stelle. Mein Geschlecht beginnt zu zucken, als er seine Finger herauszieht.

„Nein. Bitte, Cal", schreie ich fast vor Schmerz, weil ich meinen Orgasmus verliere, als ich so kurz davorstand. „Bitte."

„Ich genieße dein Betteln", sagt er und streicht meine Erregung über meinen Bauch, bevor er die feuchten Spuren ableckt. Ich sehne mich danach, seine Zunge woanders zu spüren.

„Du schmeckst immer noch nach mir", sagt er, beugt sich über mich und saugt und beißt in meinen Hals. „Ich werde dich so sehr mit meiner Essenz füllen, dass du meinen Duft für immer an dir trägst."

„J-ja-bitte", höre ich mich selbst flehen. Mein Verlangen schmerzt. Ich merke nicht einmal, worum ich bettle. Womit ich mich einverstanden erkläre.

Er bewegt sich und seine Hand trifft mit einem bösartigen Schlag auf meine Klitoris.

Mein Körper krümmt sich wie vom Blitz getroffen. Ich stemme die Beine gegen die Fesseln und versuche, sie zu schließen. Mein Hintern hebt sich im Kampf nach oben.

„Genießt du es genauso sehr, wenn ich deine Muschi versohle wie deinen Arsch?" Er schlägt härter zu als zuvor.

Ich schreie. Ein feiner Schleier aus Schweiß bedeckt mich. Wieder und wieder schlägt er auf meine Muschi und überflutet mich mit Empfindungen. Die nassen Geräusche, glitschig und laut. Ich bin verkrampft und zittere und stehe so kurz davor, über den Abgrund zu stürzen.

Mein Orgasmus trifft mich wie eine Flutwelle, plötzlich und intensiv. Sie überrollt mich, raubt mir den Atem und erschüttert meinen Körper.

Ich bin noch immer von meinem Höhepunkt überwältigt, als er über mich rutscht und mich mit einem harten

Stoß aufspießt. Ich schreie auf. Er zieht sich bis zur Spitze zurück und stößt erneut zu. Verkrampft kämpfe ich darum, sein Eindringen zu akzeptieren.

„Bitte, es ist zu viel." Tränen brennen in meinen Augen, mein Körper krümmt sich, als Cal in mein Innerstes stößt.

„Es ist nicht genug", knurrt er und drückt vorwärts, als könne er noch tiefer eindringen. „Ich will alles." Konzentriert und intensiv sieht er mir mit scharfem Blick in die Augen. „Ergib dich mir, meine Allyson."

Er greift zwischen uns und kneift mit zwei Knöcheln erbarmungslos in meine Klitoris. Ich explodiere erneut, schreie und zittere unter ihm. Ich stemme mich gegen die Fesseln, die mich unbeweglich halten.

Seine Länge schwillt in mir an und drückt hart gegen die Wände meiner Scheide, während er hin und her wippt und immer wieder diese Stelle in mir trifft. Mein Orgasmus will nicht enden. Ich keuche, mein Atem kommt stoßweise und ist heiser vom Schreien. Als ich denke, dass ich es nicht mehr aushalte, zuckt sein Körper über meinem und ein seelenvolles Stöhnen entspringt seiner Kehle.

Feuchte Hitze pulsiert in Wellen in mir. Ich zucke mit zitternden Nachbeben bei jeder Bewegung von ihm in mir. Ich winde mich wimmernd unter ihm.

Er verlagert sein Gewicht auf die Ellbogen und ich stöhne auf, als er durch die Bewegung noch tiefer in mich eindringt. Meine inneren Muskeln pressen sich um ihn herum zusammen.

„Mmm, beweg dich nicht." Er stöhnt. „Es sei denn, du willst, dass ich dich für den nächsten Zyklus fülle." Er kneift die Augen zu und ich empfange einen weiteren Ausbruch von Wärme in mir.

Ich schließe bei diesem Gefühl einen Moment lang die

Augen. „Wie kann es sein, dass du immer noch kommst?", keuche ich.

„Weil ich Monrok bin", sagt er wie eine Tatsache.

Natürlich. Die Absurdität seiner Standardantwort bringt mich zum Kichern.

Er stöhnt und hält meine Hüfte still. Schließlich zieht er sich sanft aus mir zurück und rollt sich mit einem zufriedenen Seufzer auf dem Rücken. Sein Schwanz ist zwar nicht mehr so erigiert, sieht aber so aus, als wäre die Eichel extra geschwollen. „Ist das normal?", frage ich und starre demonstrativ auf seinen Schritt.

Er schaut nach unten. „Mein Knoten?"

„Du hast einen *Knoten*?"

Er verzieht bei meinem ungläubigen Tonfall das Gesicht. Ich habe ihn offensichtlich verlegen gemacht.

„Ich habe nur noch nie einen gesehen", versuche ich zu erklären.

„Alle Monrok haben einen Knoten, der anschwillt, wenn wir uns paaren."

Das ist doch eine *Teenagerwolfsfan*-Fiktion. Ich fand die Idee schon immer heiß, habe aber nie daran gedacht, so etwas einmal selbst zu erleben. Ich glaube jedoch nicht, dass er meine Erklärung im Moment schätzen würde, also schweige ich.

Nachdem der sexuelle Nebel verflogen ist, fühle ich mich nun einfach nur klebrig und benutzt. Er macht nur seinen Job und ich bin nur eine Körperöffnung, die mit seinem Baby gefüllt werden muss. Das zu vergessen, wäre nicht klug.

„Kannst du mich losmachen?" *Oder mich wenigstens abwischen*, füge ich im Geiste hinzu. In diesem Moment ist mir überaus bewusst, wie oft er in mir gekommen ist.

Er rollt sich auf die Seite und stützt den Kopf auf die

Hand, während er mich ansieht wie ein Panther, der mit seiner Beute spielen will. „Ich mag dich so. Meiner Gnade ausgeliefert und mit meiner Essenz triefend", sagt er und fährt mit einem Finger über meinen Bauch.

Mir wird bei seinen besitzergreifenden Worten ganz warm, auch wenn ich frustriert aufstöhne.

„Ich rieche deine erneute Erregung jedes Mal, wenn du gefesselt und unbeweglich bist. Du magst es, hilflos zu sein, Allyson, nicht wahr?"

Ich hätte ihm nie meinen Namen sagen dürfen. Seine rauchig dunkle Stimme lässt ihn wie eine intime Liebkosung klingen und meinen Magen zusammenziehen. Ich erkenne die Sekunde, in der er sich seiner Wirkung auf mich bewusst wird. Es ist wie bei einem Mann, der gerade bemerkt hat, dass er das beste Blatt in der Hand hält.

Er lächelt ein verruchtes Grinsen, bevor er mit seinen Fingern durch meine wunden Schamlippen gleitet. Ich atme zischend aus. Ich beiße mir auf die Lippe, als Cal sich an meinen Hals schmiegt, was mich erregt. Keine meiner früheren sexuellen Begegnungen hat mich auf das hier vorbereitet. Ich war stets ein wenig unbefriedigt, aber jetzt bin ich mir nicht sicher, ob ich so schnell noch mehr ertragen könnte.

Plötzlich sitzt Cal aufrecht und stramm.

Er greift nach dem T-Shirt, das ich zuvor getragen habe, und zieht es vom Boden. Mit zügiger Effizienz wischt er mich weitgehend sauber. Sein Gesicht ist eine leere Maske. Ich knirsche vor Unbehagen mit den Zähnen. Der anspruchsvolle Liebhaber von vor ein paar Sekunden ist verschwunden. An seine Stelle ist der intensive Söldner getreten.

Dies ist ein Monrok.

Der Elitewächter.

Er wirft das Shirt zur Seite, reißt mir die Handschellen ab und lässt mich frei. Ich setze mich verwirrt auf und reibe mir die Handgelenke.

Er steht bereits an einer Wandtafel und zieht Kleidung heraus. Er wirft mir ein T-Shirt zu, das mich vor der Brust trifft, während er selbst in Hose und Stiefel schlüpft.

„Was ist los?", frage ich und ziehe das T-Shirt zügig an.

„Wir müssen sofort gehen." Er ergreift meine Hand und zieht mich auf die Beine, gerade als ich mir das T-Shirt über den Kopf streife.

„Warte. Was geht hier vor?"

Er drückt mir eine Hand auf den Mund, um meine Frage zu unterdrücken. Er lauscht an der Tür. Ich halte den Atem an, weil ich keinen Laut von mir geben will. Mein Herzschlag beschleunigt sich und ich schlucke meine Panik hinunter. Aber ich beruhige mich nicht. Wenn er sich so verhält, ist es an der Zeit, sich Sorgen zu machen.

Ein finsterer Blick verfestigt seine Züge, als er auf mich herabschaut. „Mein Bruder hat die verdammte Rebellion angezettelt. Die *Gearan* sind hinter dir her."

Rebellion? *Wer zum Teufel sind die Gearan?*

Sie sind Zapex, die der königlichen Familie dienen, ähnlich wie die Eunuchen auf der Erde. Sie werden sterilisiert, aber ihre Genitalien bleiben verschont und werden nicht verstümmelt. Cals Antwort klingt in meinem Kopf, aber seine Lippen bewegen sich nicht. *Sie sind diejenigen, die sich wahrscheinlich die ganze Woche um dich gekümmert haben.*

Ach du liebe Güte, *hat er gerade meine Gedanken beantwortet?*

Überrascht schaut er auf seine Hand über meinem Mund und schüttelt den Kopf. „Keine Zeit", sagt er laut und ich bin mir nicht sicher, ob er zu mir oder zu sich selbst spricht.

Die Tür an unserer Seite öffnet sich zischend. Er zieht mich hindurch und den Gang entlang in einen weiteren Flur. Wir ducken uns in eine Nische. Er stößt mich mit dem Rücken gegen die Wand, als Schritte in der Nähe klingen.

Die blauen *Gearan* kommen um die Ecke und entdecken uns. Sie zögern, als wären sie überrascht. Das ist ein tödlicher Fehler. Cal bewegt sich blitzschnell. Das ekelerregende Knirschen von zerbrechenden Knochen dreht mir den Magen um. In Sekundenschnelle liegen die drei blauen Männer ausgestreckt auf dem Boden. Ihre Hälse sind in seltsamen Winkeln gekrümmt, die unheimlichen schwarzen Augen ausdruckslos.

Ohne Vorwarnung öffnet sich die Wandtafel, an die ich gepresst werde. Ich stolpere zurück in einen beengten, eiförmigen Raum. Cal drängt sich mit mir hinein und ich kann mich nicht einmal einen Zentimeter weit drehen, so eng ist es darin. Plötzlich bekomme ich Platzangst. Ich kann nicht atmen. Ich möchte mich an den glatten Wänden festkrallen. Ich drehe den Kopf und versuche, zu atmen.

„Hör auf mit der Panik. Deine Emotionen lenken mich ab."

Ich atme tief und keuchend ein und versuche, mich zu beruhigen. Dann schreie ich, als wir mit hoher Geschwindigkeit losrasen. Die Kapsel fällt ab, bevor sie auf die Seite kippt. Horizontal sausen wir durch Kurven und Gänge. Es erinnert mich an eine Rutsche im Wildwasserpark, die ich einmal hinuntergerutscht bin, nur zehnmal schrecklicher.

Cal bemüht sich, mich nicht zu zerquetschen. Mit geschlossenen Augen beginne ich zu singen: „Wie eine Wasserrutsche, wie eine Wasserrutsche".

Schließlich kommt die Kapsel zum Stillstand. Das Panel öffnet sich über uns und ich versuche, auszusteigen. Ich nehme die Hände, die mir helfen, dabei kaum wahr.

Glücklicherweise werde ich hochgezogen und in die kühle Luft einer Art dunklem Maschinenraum entlassen. Der Geruch ist leicht metallisch. Es ist ein langer Raum mit niedrigen Decken voller dünner Rohre, die vom Schein digitaler Bildschirme erhellt werden.

Die Hände an meiner Taille lassen ich mich nicht los und ich erschrecke, als ich dunkle Haut sehe. Aber nicht blaue. Ich drehe mich um und blicke nach oben in die verblüffend kristallblauen Augen, die auf faszinierende Weise falsch an dem dunklen Mann wirken. Seine Augen sind genau wie die von Cal und Kein, aber damit enden die Ähnlichkeiten auch schon. Er ist sogar noch größer und muskulöser. Zwei raue Narben erstrecken sich über seine Wangen. Und da er riesig und furchterregend ist und sich auf einem Raumschiff befindet, vermute ich, dass es sich um einen weiteren Monrok handelt.

Neben ihm steht noch ein Mann, der etwa so groß ist wie Kein und Cal. Er schnuppert an der Luft um mich herum und beobachtet mich mit einem raubtierhaften Schimmer in seinen eisblauen Augen. Sein blondes Haar ist zu einem Irokesenschnitt frisiert und ein Muster von Tätowierungen bedeckt seinen Hals, verschwindet in seinem T-Shirt und verläuft über seinen Arm.

Ich kämpfe gegen ein Schaudern an, als ich diese unerwartete neue Gefahr erkenne.

Bevor ich versuchen kann, einem der beiden Männer zu entkommen, werde ich aus dem Griff des Typen gerissen, der mich festhält. Cal schlingt seinen Arm von hinten um meinen Oberkörper und starrt die beiden Männer schweigend an.

„Wir haben gehört, dass du und dein Bruder ein Weibchen für euch beansprucht habt“, sagt der Mann mit dem Irokesenschnitt. Seine Worte klingen bitter und wütend. „Und jetzt sollen wir Krieg führen, bevor wir alle Weibchen haben?“ Die Feindseligkeit, die von ihm ausstrahlt, ist fast greifbar in der Luft.

Cals Griff um mich wird fester. „Alle Kameraden haben diesen Moment gewählt. Dein Unmut wird die Umstände nicht ändern.“

„Habt ihr vor, sie zu teilen?“

„Nicht, solange ich am Leben bin.“

Der Irokesentyp ballt die Hände zu Fäusten. „Ich könnte mit dir um sie kämpfen“, sagt er mit tiefer, bedrohlicher Stimme. Er macht einen Schritt nach vorn, aber der andere Mann hält ihn mit einem dicken, muskulösen Arm zurück.

„Und ich würde jedes Wesen töten, das versucht, sie mir wegzunehmen.“ Die Intensität von Cals Schwur lässt mich erschaudern und mein Herz glüht, auch wenn ich für ihn nicht mehr als sein Eigentum bin.

„Genug“, sagt der Goliath von einem Mann und stößt den Irokesentypen zurück. Sie starren sich einen Moment lang angespannt an und ich warte darauf, dass sie sich prügeln. Der Blonde wirft mir ein böses Grinsen zu, das mich erschaudern lässt, bevor er sich umdreht und geht.

Mir wird bewusst, dass ich den Atem angehalten habe. Zischend stoße ich die Luft aus und sauge neue ein.

Der Goliath dreht sich um und wirft mir einen so verärgerten Blick zu, dass ich gegen den Drang ankämpfe, zurückzuweichen. Aber ich werde gegen Cal gedrückt. „Wir haben alle Zugänge zu den Shuttlebuchten geschlossen“, sagt er und ich hoffe, dass der Themenwechsel bedeutet, dass ich in Sicherheit bin. „Wir sind bereit zum Sprung, sobald die Shuttles das Schiff verlassen.“

Cals Kiefer verkrampft sich, aber die Spannung weicht schnell wieder aus seinen Muskeln. „Es gibt noch andere Weibchen ...“

„Sie wurden beansprucht und sind jetzt auf dem Weg zur Shuttlerampe. Einige Weibchen werden immer noch von den Zapex festgehalten“, sagt er und unterbricht Cal.

Cal nickt zur Kenntnisnahme.

Es gab noch andere Frauen? Ich erschaudere, wenn ich mir vorstelle, was sie durchgemacht haben. Ich greife nach Cals Hand und schaue zu ihm auf. „Wenn es noch andere Frauen gibt, müssen wir sie retten.“

„Es gibt keine Rettung für die, deren Schicksal besiegelt ist“, sagt der Goliath.

Der Typ redet wie ein Glückskeks. „Aber sind sie sicher ...“

„Genug. Das ist nicht unsere Angelegenheit“, unterbricht Cal grob. Mir steigen die Tränen in die Augen.

„Wie können wir Frauen zurücklassen?“ Was, wenn mich jemand hätte retten können, mich jedoch zurückgelassen hätte?

„Stinken alle Menschen nach so viel Emotion?“, fragt der andere Mann Cal.

„Ich glaube ja. Die Paarung ist es wert.“

Ich schnappe bei seinen gefühllosen Worten beleidigt nach Luft und schaue Cal finster an, während der andere Mann mich skeptisch mustert.

Cal tritt vor und bietet seine Hand an. Der andere Mann packt sie, als wollten sie Armdrücken, aber sie ziehen ihre Unterarme ein und stoßen die Ellbogen zusammen.

„Bis dass der Tod dich erlöst“, sagt der andere Mann.

„Bis zum Tod“, plappert Cal nach.

Innerhalb von Sekunden sind wir wieder in Bewegung. Der Maschinenraum, den wir verlassen, öffnet sich zu einer riesigen Shuttlerampe.

Ich ziehe an Cals Hand an meinem Arm und versuche, ihn dazu zu bringen, mich loszulassen. „Wir müssen zurückgehen. Es gibt noch andere Frauen." Er zuckt nicht einmal und schaut nicht in meine Richtung, während ich mich gegen seinen Griff wehre. „Cal ..."

„Die einzige Frau, um die ich mich sorge, bist du. Wir gehen jetzt. Sofort." Sein Gesicht ist eine kalte Maske und sein Griff um mich wird fester.

Als ich Weinen und Schreien höre, drehe ich mich um. Ein riesiger, dunkelhaariger Monrok mit steinernem Gesicht, der eine Frau in seinen massiven Armen hält, kommt aus der anderen Richtung herein. Er sieht aus wie ein Südamerikaner, aber er hat dieselben kristallklaren Augen. Sie schluchzt und klammert sich an ihn. Ich trete nach vorn, um zu ihr zu gehen, aber Cal hält mich zurück.

Dem Paar folgt ein weiterer Monrok, der eine Frau trägt, die schreit und nach ihm beißt.

Es ist seltsam, andere menschliche Frauen hier zu sehen. Zu wissen, dass sie wahrscheinlich auf die gleiche Weise wie ich entführt und benutzt worden sind. Sie gehen auf die Shuttles zu.

Ein Monrok blinzelt in unsere Richtung. Sein bedrohlicher Gesichtsausdruck erinnert mich an den anderen Monrok, der sagte, er würde mit Cal um mich kämpfen.

Monrok sind keine Menschen. Das hier ist nicht die Erde. Sie sind nicht verpflichtet oder an dieselben Moralvorstellungen gebunden.

Ich verstecke mich halb hinter Cal, als mein Puls sich beschleunigt. Ich habe mir Cal und Kein vielleicht nicht ausgesucht, aber ich wähle sie jetzt. Als ich die anderen Frauen sehe, wird mir klar, dass ich Glück habe.

Cals Griff um mich lockert sich, da ich nun diejenige bin, die sich an ihn klammert.

Drei weitere Männer folgen dem furchterregenden Monrok, darunter einer, der mir sehr vertraut ist. Erleichterung über eine Sorge, die ich mir nicht erlaubt hatte, in Betracht zu ziehen, durchströmt mich. Kein.

Als könnte er uns spüren, wendet er seinen Blick. Als er uns entdeckt, wird seine ernste Miene weicher und er eilt in unsere Richtung. Wir kommen ihm auf halbem Weg entgegen. Er berührt mein Haar, mein Gesicht, und ich fühle mich sofort sicher und getröstet.

Cal knurrt, aber ich ignoriere es.

„Bist du bereit, dich ins Unbekannte zu stürzen, meine kleine *Zepka*?" Kein wirkt fast fröhlich neben all den anderen steingesichtigen Monrok, die in die Shuttlerampe strömen.

Wir stehen auf einer Art Landebahn, die mindestens so lang wie ein Fußballfeld ist. Ich nehme an, dass sich diese riesige Wand an den anderen Enden zum Weltraum hin öffnet. Links und rechts von uns stehen schnittige Raumschiffe unterschiedlicher Größe, wie ich sie noch nie in meinem Leben gesehen habe.

„Ich bin bereits im Unbekannten."

Er gluckst und zieht mich in die Richtung des Shuttles, aber ich weiche zurück. „Kein." Ich nicke in die Richtung der anderen Frauen, die auf die Schiffe gebracht werden. „Sind das die einzigen anderen Frauen? Ein anderer Monrok sagte, es würden noch welche festgehalten."

Kein sieht Cal finster an. Er ist offensichtlich verärgert darüber, dass ich diese Information gehört habe.

„Wenn es noch mehr Menschen gibt, müssen wir zurückgehen", sage ich zu ihm.

Auf seinem Gesicht zeichnet sich so etwas wie Sorge ab, bevor sich seine Gesichtszüge wieder glätten. Er schüttelt den Kopf. „Das können wir nicht."

Das seltsame Brummen der startenden Shuttles ertönt um uns herum, als wir die lange Startbahn entlanggehen. Das Shuttle, das wir nehmen, muss sich ganz vorn in der Halle befinden. Meine Füße sind kalt auf der metallenen Oberfläche, aber ich beschwere mich nicht. Ich will nur von diesem Schiff verschwinden.

Weitere ernst dreinschauende Monrok strömen herbei und traben zu den kleineren Shuttles, die nicht größer als ein Hubschrauber sind. Ihre Haut- und Haarfarben repräsentieren alle Schattierungen der Menschheit, aber sie haben alle dieselbe unheimliche blaue Augenfarbe und tragen dieselben schwarzen Cargo-Hosen und Stiefel im Armeestil wie meine Jungs.

Meine Jungs.

Kaum habe ich den Gedanken gedacht, schießt ein Schmerz durch meine Schläfe. Ich falle auf die Knie und greife mir an den Kopf. Die Männer schreien. Ich sehe Monrok mit steifen Hälsen wie erstarrt dastehen.

Cal! Kein! Ich bin mir nicht sicher, ob ich laut schreie oder in Gedanken. Ich kann nicht denken. Ich kann kaum atmen.

„War ich nicht wohlwollend?" Die dröhnende Stimme hallt in dem höhlenartigen Raum wieder.

Mein Herz erstarrt in meiner Brust, als Kaihan hereinschwebt. Das Seidengewand weht hinter ihm. Es sind nur wenige Zapex bei ihm. Einige von ihnen sind schwarzäugige *Gearan* mit freien Oberkörpern. Andere tragen volle Gewänder.

Er hat die Hand erhoben und ausgestreckt und ein blaues Licht leuchtet aus seinen Fingern. „Habe ich euch nicht erlaubt, dieses Weibchen für euch zu beanspruchen?" Seine Stimme klingt jetzt leise. Lässig. Schrecklich. Sie durchdringt den Nebel des Schmerzes, der mich in seinem Griff hält. „Dennoch wagt ihr es, euch mir zu widersetzen?" Alles ist still, als er sich über mich beugt und seine Umgebung begutachtet. Ich rutsche zurück und versuche, unbemerkt wegzukriechen.

„Vernichtet sie. Alle, bis auf die Weibchen."

Vernichten? Durch den Schmerz, der durch meinen Schädel schießt, laufen mir Tränen übers Gesicht. Meine Gedanken sind unzusammenhängend. Wo sind Cal und Kein? Ich werfe einen Blick zu ihnen und sehe sie hinter meinem Rücken. Sie stehen genauso steif auf der Stelle wie die anderen Monrok. Sie dürfen nicht vernichtet werden.

Die Zapex schwärmen aus und führen die hilflosen Monrok, die sich heftig gegen unsichtbare Fesseln wehren, zurück ins Schiff.

Ein Schrei entspringt meiner Kehle, als Kaihan mich bei den Haaren packt und mich an seine Beine zieht.

„Die hier", sagt er und starrt Cal und Kein mit sadistischer Genugtuung an. „Auch wenn es verschwenderisch ist, werde ich es genießen, sie selbst zu zerstören."

„Nein!" Ich kratze über seine Faust an meinem Kopf und wehre mich ernsthaft. Durch meine Tränen hindurch schaue ich auf und sehe zwei Zapex, die an Cals und Keins Flanken stehen. Ich erwarte, die Wut meiner Männer zu sehen. Ihre Frustration.

Aber was ich auf ihren Gesichtern sehe, lässt mich verstummen. Für einen Moment weicht sogar der Schmerz, so verblüffend deplatziert scheint ihre Reaktion.

Ein selbstgefälliges Lächeln umspielt ihre Lippen.

Kapitel Sechs

Cal und ich halten still und warten auf den richtigen Moment. In der Sekunde, in der Kaihan unsere Frau berührt, möchte ich ihm die Kehle herausreißen, aber wir brauchen alle Zapex an Bord in Reichweite, damit unser Plan funktioniert. Wir hatten gehofft, dass es nie so weit kommen würde, aber ich bin dankbar, dass wir vorbereitet sind.

Was wir jetzt tun werden, kommt einer Kriegserklärung gleich. Wir werden nicht nur gejagt, sondern abgeschlachtet werden, wenn man uns erwischt.

Jeder Monrok hat einen Kontrollchip. Kaihan hält die zentrale Steuerung wie eine Fernbedienung auf uns gerichtet. Ich möchte ihm den Finger mit dem Gerät abreißen und ihm die Kehle damit stopfen. Wenn es aktiviert ist, sind alle Monrok auf diesem Schiff unbeweglich. Beherrschbar.

Alle, außer ein paar wenige von uns, inklusive meines Bruders und mir. Wir haben uns die Chips gegenseitig entfernt, nachdem wir auf einem Mondplaneten gearbeitet hatten, auf dem der zuständige Zapex gern mit den Monrok spielte, indem er uns für mehrere Zyklen an Ort und Stelle einfrieren ließ, damit sich Tiere von uns nähren konnten. Wir haben uns große Mühe gegeben, unseren herrenlosen Zustand unentdeckt zu lassen.

Eine nie gekannte Genugtuung breitet sich in meiner Brust aus, als Kaihan seinen Fehler bemerkt. Der Triumph, der in unseren Augen strahlt, hat uns verraten. Er kneift die Augen zusammen, bevor er sie weit aufreißt und Verwirrung über seine Züge huscht. Er ist so verblüfft, dass er sogar einen Hauch von Angst verströmt, bevor er seine emotionale Reaktion unterdrückt.

„Ihr wisst, dass eure Rebellion trivial ist", sagt er mit teilnahmsloser Miene. Sein Körper ist entspannt. „Ob Monrok oder Menschen, ihr gehört immer noch uns." Seine Faust ist immer noch fest ins Haar unserer Frau geschlungen.

Ich möchte ihn zerstückeln, weil er ihr wehtut.

„Die Monrok stehen nicht länger unter der Herrschaft der Zapex", informiert Cal ihn. „Der Tod wird dich noch heute erlösen."

Die Nachricht wurde übermittelt. Bereits in diesem Moment übernehmen die Monrok auf jedem Planeten die Kontrolle über ihre Docks. Sie wehren sich.

Kaihan muss das wissen. Seine unbestrittene Regentschaft als Herrscher der Monrok neigt sich dem Ende zu. Etwas verändert sich in seinen Augen und ein Schauer läuft mir über den Rücken.

Cal muss dasselbe sehen wie ich, denn wir greifen zur selben Zeit nach unserer Frau. Kaihan ist schneller. Er hat ein Injektionsgerät an ihren Arm gepresst, bevor ich sie ihm entreißen kann.

Er stößt sie uns entgegen. „Möge das Glück mit eurem Weibchen sein."

Seine spöttischen Worte klingen in meinen Ohren, als ich sie vom Boden hochreiße.

Lauf, ruft Cal durch unsere Gedankenverbindung.

Ich presse sie an meine Brust, während sich meine Füße bereits auf dem Weg zu unserem Shuttle befinden. Cals wütendes Brüllen hallt hinter uns nach. Dann folgt das Geräusch brechender Knochen und ein gurgelnder Schrei, aber ich schaue nicht zurück. Ich erkenne die Sekunde, in der der Hauptcontroller zerstört wird. Chaos bricht aus, aber ich bin blind für alles.

Die beladenen Shuttles stehen vor den Toren der Rampe bereit, als ich in unser Schiff steige. Ich laufe direkt zu der Wand, von der ich weiß, dass sie einen medizinischen Scanner enthält. Ich muss herausfinden, was Kaihan ihr injiziert hat. Ich aktiviere die schwebende Krankenliege. In der Sekunde, in der ich sie ablege, schlingen sich die Fesseln der Liege automatisch um sie und halten sie an ihren Handgelenken, dem Oberkörper und ihren Beinen fest.

Ich reiße den Scanner von der Tafel und lasse ihn über sie laufen. Die ersten beiden Anzeigen sind nicht aussagekräftig. Frustration macht sich in mir breit. Ich werfe das Gerät fast gegen die Wand. Meine Kybernetik arbeitet daran, meinen Herzschlag zu beruhigen.

Manihot esculenta, Maniokvergiftung. Es wird ihre Organe eines nach dem anderen ausschalten, bis sie stirbt.

Ich beruhige meine Gedanken, um meine interne Kybernetik mit dem Shuttle zu synchronisieren und es zu starten. Unser Weibchen stöhnt und kämpft gegen ihre Fesseln an, während ich im Inventar nach einem Gegenmittel suche.

Sie ist unsere Hoffnung. Sie darf nicht sterben.

Wir müssen jetzt los!, rufe ich Cal über unsere Verbindung zu, während ich den Injektor an den schlanken Hals unseres Weibchens drücke.

Bring sie an den besprochenen Ort, erwidert er. *Ich werde euch folgen.*

Ich soll ohne dich gehen?, frage ich entsetzt. *Suchst du deinen Tod, Bruder?* Ich schüttle verneinend den Kopf, auch wenn er es nicht sehen kann. *Wir gehen alle. Gemeinsam.*

Die Tür unseres Shuttles gleitet zu und ich weiß, dass es Cals Werk ist. Er denkt, dass er unseren Schutz gewährleisten kann, indem er zurückbleibt.

Tu es nicht, brülle ich durch unsere Gedankenverbindung, während sich unser Raumschiff vorwärtsbewegt, um sich zwischen den anderen Shuttles einzureihen.

Das laute Klicken der Versiegelung des Hauptschiffs ertönt, als sich die Subtüren verriegeln und die Rampe vor uns öffnet.

Lebewohl, kleine Gefährtin. Cals Stimme klingt leise in meinem Kopf.

Verwirrt blicke ich nach unten, als unser Weibchen keucht: „Cal? Wo bist du?" Ihre Stimme ist heiser, als würde sie nach Luft ringen und ihre unscharfen, blutunterlaufenen Augen suchen unsere Umgebung ab. Aber sie wird ihn nicht finden.

Bis dass der Tod dich erlöst.

Seine Worte füllen mich mit einem hohlen Schmerz, auch wenn ich ihm antworte. *Bis zum Tod.*

Cal und ich sind die einzigen Monrok, die als Paar aufgezogen wurden. Fasziniert von uns, den ersten und einzigen unserer Art in der Jun'pn-Galaxie, behielten uns die Zapex unser ganzes Leben lang zusammen. Uns war es erlaubt, eine Bindung zu entwickeln, und wir nährten uns von unserer Dualität. So nahe wir uns stehen, spüren wir eine Fürsorge füreinander, die andere Monrok nicht haben. Wir alle leben in der Kameradschaft des Monrok-Daseins, aber Cal und ich sind zwei Hälften eines Ganzen.

Brüder.

In den fünfzig Jahren, die wir unter der Herrschaft der Zapex stehen, waren wir noch nie für längere Zeit getrennt. Nie, wenn es den Tod bedeuten könnte. Ich möchte meine Wut und Frustration herausschreien. Zurückzubleiben war gleichbedeutend mit Selbstmord. Ein törichtes Opfer. Wie konnte er das nur tun?

Unser Weibchen schaut sich verwirrt um. Ich spüre ihre Panik, als wir auf die Öffnung der Rampe zurasen. „Wo ist Cal?"

Mit unterdrückter Wut knirsche ich mit dem Kiefer. „Er hat sich entschieden, zurückzubleiben."

„Warte, nein." Sie zerrt an ihren Fesseln und versucht schwach, sich aufzusetzen. „Wir können nicht ohne ihn gehen." Sie schwitzt vor Fieber und ihre Haut ist klamm und blass. Ihr Kummer und ihre Panik spiegeln meine eigenen wider.

Ich drücke sie zurück auf die Liege und streiche mit der Hand über ihr Haar.

Der Druck um uns herum verändert sich, als wir in den Weltraum hinausschießen. Ich habe das Gefühl, dass mir ein Körperteil abgetrennt wurde.

„Wir können Cal nicht zurücklassen", murmelt sie mit geschlossenen Augen.

„Es ist geschehen." Meine Stimme ist ein heiseres Flüstern.

Ich gehe zur Schalttafel, um unsere Koordinaten einzugeben, während meine interne Kybernetik alle

Ortungselemente an Bord ausfindig macht. Ich muss mich auf die anstehende Aufgabe konzentrieren. Uns am Leben und außerhalb der Reichweite der Zapex zu halten. Es gibt drei Positionsgeber an Bord. Zwei davon lassen sich leicht ausschalten und durch den Schacht ins All schießen. Der dritte wird nicht so leicht zu erreichen sein.

Die Shuttles um uns herum verschwinden eines nach dem anderen. Auf mein Kommando springen wir aus der Dimension und hinein in ein neues Sonnensystem. Meine Glieder kribbeln wie bei jedem Sprung. Wenn alles nach Plan gelaufen ist, hat das Zapex-Schiff seinen eigenen Sprung in die entgegengesetzte Richtung vollzogen.

Unser Weibchen stöhnt unruhig. Das Gift und das Gegenmittel bekriegen sich in ihrem System. Ich löse ihre Fesseln, hebe ihre zitternde Gestalt hoch und lege sie in meinen Schoß, um sie zu beruhigen und zu versuchen, Kraft zu spenden. Ich presse meine Lippen auf ihre Schläfe und streichle mit meiner Hand über ihr seidiges Haar.

Wie schnell ich mich an diesen Menschen geklammert habe. Sie ist der Grund für unsere Aufopferung. Sie ist der Grund für alles, was wir tun. Und jetzt verliere ich sie vielleicht auch noch.

„Kein." Ihre Stimme ist schwach und angestrengt.

„Ich bin hier."

„Was passiert mit mir?"

Ich schlucke. „Kaihan hat dir ein Gift gespritzt. Ich habe das Gegengift verabreicht, aber das Gift ist hartnäckig. Du musst stark bleiben."

„Konnten wir fliehen?" Sie klappert mit den Zähnen und ist im Delirium. Die Blutgefäße in ihren Augen sind geplatzt, sodass sie ein gespenstisches Rot aufweisen. Ihre Haut und ihre Fingernägel sind von Gelbsucht verfärbt.

Während ich sie studiere, sind meine Gedanken düster. „Das konnten wir.“

„Sind die anderen Weibchen entkommen?“

„Jedes einzelne“, versichere ich ihr. Das ist zwar nicht wahr, aber ich sehe keinen Grund, sie zu beunruhigen.

„Ist Cal hier? Ich kann ihn nicht mehr in meinen Gedanken hören. Ich rufe immer wieder nach ihm, aber er ist nicht da.“

Es dauert einen Moment, bis ich wieder atmen kann. Cal und ich haben unsere Gedankenverbindung nie infrage gestellt. Ich kann mich an keine Zeit erinnern, in der ich nicht durch meinen Geist mit ihm kommunizieren konnte, aber wir haben diese Verbindung nie mit anderen geteilt.

„Du sprichst in Gedanken mit Cal?“ Ich war höchstens für zwei Schichten weg. Was ist während meiner Abwesenheit passiert?

„Ich weiß nicht, wo er hin ist.“

Das Fieber macht ihr zu schaffen. Ich werde es erst dann mit Sicherheit erfahren, wenn die Gifte aus ihrem Körper verschwunden sind und sie wieder bei klarem Verstand ist. Jetzt muss ich mich darauf konzentrieren, ihren Ortungssender zu entfernen.

Ich bringe sie zurück auf die Krankenliege. Die Fesseln schließen sich um sie, während ich ihr das Haar von der Schläfe streiche.

„Ich muss deinen Übersetzer entfernen, meine kleine *Zepka*. Darin befindet sich ein Peilsender, der die Zapex zu uns führen kann“, erkläre ich ihr, als ob sie wüsste, was vor sich geht. Wir sprechen ihre Muttersprache genau wie 1.252 andere Sprachen. Sie wird keinen Übersetzer mehr brauchen, da sie jetzt immer bei uns sein wird. „Es wird schmerzhaft sein. Du musst stillhalten.“

„Ich bin kein Zebra. Ich bin Allyson Eloise Hendricks.

Nein." Sie wendet mir ihren verschleierten Blick zu. „Ich bin Allyson von Cal und Kein."

Wärme breitet sich in meiner Brust aus, als ich mit einem Finger über ihre Wange streiche. Allyson *von Cal und Kein*. Mein Bruder war in meiner Abwesenheit tatsächlich sehr fleißig.

Ich nehme an, ich verdiene, welche Überraschungen auch immer kommen mögen. Ich war nicht ganz ehrlich, was meine Absichten anging, als ich unser Quartier verließ. Allerdings wäre ich vielleicht nicht so ungestüm gewesen, den Aufstand voranzutreiben, hätte ich das Ergebnis gekannt.

„Sei tapfer für mich, Allyson von Cal und Kein." Ich hole tief Luft, bevor ich den Laser am Ende meines Fingers öffne und einen Schnitt an ihrer Schläfe vornehme, direkt über ihrem Übersetzer. Obwohl es nur ein sehr kleiner Schnitt ist, steigt mir der Geruch von verbranntem Fleisch in die Nase.

Sie stöhnt leise und wehrt mich ab. Ich warte, bis sie sich beruhigt hat, bevor ich weitermache. Mit einer kleinen Pinzette kann ich in das Gewebe eindringen. Als ich den Ortungs- und Kontrollchip meines Bruders entfernte, geschah es mit kühler Effizienz. Jetzt habe ich zwar eine ruhige Hand, aber meine Kybernetik muss hart arbeiten, um meinen Puls immer wieder zu beruhigen.

Ganz langsam, um keinen Schaden anzurichten, ziehe ich den Übersetzer heraus. Er hat sich bereits mit Nervenenden verbunden und ich fluche über ihren Schmerzensschrei. Ein Seufzer der Erleichterung entweicht mir, als ich ihn entferne. Der dünne, elektronische Strang zappelt und windet sich am Ende meiner Pinzette und sucht nach seinem Wirt.

Ich lasse ihn auf den Boden fallen und zerquetsche ihn

unter meinem Stiefel, bevor ich ihn in eine Kapsel stecke. Ein hohles, polterndes Geräusch ertönt, als die Kapsel ins All geschossen wird. Ich bin erleichtert. Der Letzte der Peilsender ist verschwunden. Ich halte die Haut an Allysons Schläfe zusammen und versiegle sie mit dem Laser. Tränen strömen aus ihren geschlossenen Augen und rollen zu ihrem Haaransatz hinunter. Ihre Emotionen sind aufgewühlt, aber ich weiß, dass sie sich sehr unwohl fühlt. Ich spritze ihr ein Schmerzmittel, ohne zu wissen, ob es ihr helfen wird. Wenigstens wird sie schlafen können.

Ich nehme den medizinischen Scanner und überprüfe ihre Vitalwerte. Ihre innere Temperatur ist hoch und die Herzfrequenz hat sich deutlich verlangsamt. Ich zögere, ihr noch mehr Gegenmittel zu verabreichen, und lege ihr stattdessen eine Nährstoffinfusion, um das Gift hinauszuspülen und sie zu rehydrieren. Sie trägt immer noch Leben in sich.

Unser kleiner Mensch ist unverwüstlich.

Ich lege meine Hand auf ihren Bauch und betrachte jeden Zentimeter von ihr. Selbst mit Gelbsucht und halb gebrochen ist sie noch wunderschön. Sie trägt eines unserer T-Shirts, das sie bis zur Mitte der Oberschenkel bedeckt. Ihre schlanken Beine und Arme sind nackt. Ihre zarte Haut ist mit blauen Flecken übersät. Ich fahre mit meinen Händen darüber, als ob ich sie wegwischen könnte. Sie ist so zerbrechlich; ich weiß nicht, wie wir sie am Leben erhalten sollen. Wie *ich* sie am Leben erhalten soll.

Ich frage mich, wie die anderen Monrok mit ihren Weibchen zurechtkommen.

Die Rebellion spontan anzuzetteln, hat möglicherweise Cals Leben in Gefahr gebracht. Es war arrogant, zu glauben, dass wir alle ungeschoren davonkommen würden. Ich habe vielleicht meinen Bruder verloren, aber wie hätte ich unseren Kameraden nicht die Chance auf das bieten können, was Cal und ich für uns selbst zu nehmen gedachten? Wir hätten allein fliehen können, aber ich glaube trotzdem immer noch, dass unsere Überlebenschancen auf diese Weise höher sind. In mir kämpft das Bedauern mit der Wut auf meinen Bruder, weil er zurückgeblieben ist. Ich hätte wissen müssen, dass er sich die Gelegenheit, gegen Kaihan zu kämpfen, nicht entgehen lassen würde.

Und hier vor mir liegt unser Weibchen, das unseren Nachwuchs in sich trägt. In den Händen der Zapex ist unsere Zukunft düster. Die Zapex wissen nichts von den menschlichen Videos, zu denen wir Monrok Zugang haben. Sie wissen nicht, wie anziehend viele von uns ihre Interaktionen finden. Es ist eine Welt und eine Existenz, derer wir beraubt wurden.

Mit diesen Weibchen haben wir Hoffnung. Wir haben eine Zukunft.

Meine einzige Hoffnung ist jetzt, dass mein Bruder überlebt, um an dieser Zukunft teilzuhaben.

Kapitel Sieben

ALLYSON

Ich drifte in und aus dem Bewusstsein und vergesse für eine Weile, wo ich bin und was passiert ist. Als ich aufwache, fällt mir alles wieder ein. Die Außerirdischen. Kaihan. Das Schiff. Cal und Kein. Die Flucht. Ich bin von Lethargie überwältigt und kann mich nicht bewegen. Ich versuche, zu rufen, aber die Worte bleiben in meiner trockenen Kehle stecken.

Kein muss mein Röcheln hören. Er beugt sich über mich, gibt beruhigende Laute von sich und hebt etwas an meine Lippen. Er hilft mir, mich aufzusetzen und eine kühle Flüssigkeit zu trinken. Der bittere Geschmack lässt mich zusammenzucken, aber Kein drängt mich, mehr zu trinken.

„Bist du wieder bei mir, *Zepka?*", fragt er und wirft mir einen prüfenden Blick zu.

Mit benebeltem Kopf zucke ich mit den Schultern. „Wo sind wir?" Es ist offensichtlich, dass wir uns in einer Art

Raumschiff befinden. Ich habe eine Infusion in meinem Arm. „Was ist passiert?"

Kein erklärt alles, während er den Schlauch von meinem Arm abzieht. Wir sind den Zapex entkommen und Cal ist zurückgeblieben, um sicherzustellen, dass wir nicht verfolgt werden. An Keins Gesichtsausdruck erkenne ich, dass er mit Cals Entscheidung, zurückzubleiben, überhaupt nicht einverstanden ist.

Ich hebe eine tröstende Hand an seine Wange. „Er wird uns folgen."

„Und du weißt das, ja?"

Ich nicke. „Er ist Monrok." Ist das nicht Cals Erklärung für alles?

Keins Mundwinkel zucken, bevor er wieder düster wird. „Leider wird er uns auf einem anderen Planeten finden müssen als dem, auf den wir uns geeinigt haben. Und das ohne die Hilfe von Peilsendern, denen er folgen kann."

„Was meinst du damit?"

Eine glatte Platte an seinem rechten Arm öffnet sich und das Hologramm eines blau leuchtenden Juwels erscheint. Ich hebe meine Hand und meine Finger gleiten durch das Bild. Ich bin mir nicht sicher, was mich mehr verblüfft, dass Panel in seinem ansonsten nahtlosen Arm oder das Hologramm. Das mit dem Arm auf jeden Fall.

„Das ist ein *Tash*-Stein", erklärt er. „Diese Steine werden verwendet, um so ziemlich alles in unserer Galaxie mit Energie zu versorgen. Sie treiben auch dieses Schiff an, auf dem wir uns befinden. Unser Stein ..." Ein Bild eines kleineren Steins mit einem viel schwächeren Licht erscheint. „Unser Stein ist erschöpft." Das Hologramm verschwindet, sein Roboterarm schließt sich und sieht wieder wie ein normaler menschlicher Arm aus. „Es ist meine Schuld. Ich habe nicht dafür gesorgt, dass das Schiff vor unserer Flucht über ausreichend Energiesteine verfügte."

Ich zucke auf eine „Dumm gelaufen"-Art und Weise mit den Schultern. „Du warst zu sehr damit beschäftigt, einen Aufstand anzuzetteln." Ich greife nach seinem Arm und fahre mit den Fingern über die Stelle, wo die Öffnung war. „Es fühlt sich an wie Fleisch und Knochen. Wie ist das möglich?"

Er hebt eine Augenbraue und sein Schulterzucken ist sehr menschlich. „Ich bin Monrok."

Ich lächle. Ich schätze, die Antwort hätte ich mir denken können. „Wie lange war ich bewusstlos?", frage ich und versuche, aufzustehen.

Kein hilft mir, als ich auf meinen schwachen Beinen schwanke. „Etwas länger als zwei Zyklen." Auf meinen fragenden Blicken sagt er. „Etwa drei Erdentage. In der Jun'pn-Galaxie gibt es zweiunddreißig bewohnbare Planeten und einhundertachtundzwanzig verschiedene empfindungsfähige Spezies. Jeder Planet hat andere Zyklen, oder wie die Menschen sagen, Tage. Aber alle in der galaktischen Jun'pn-Einheit richten sich nach denselben Zeitmaßen. Unser Zyklus beträgt sechsunddreißig Stunden. Oder zwölf Schichten."

Ich versuche, das alles zu verstehen, aber es kommt mir nur wie weißes Rauschen vor, als ich zum ersten Mal einen richtigen Blick auf den Weltraum werfe. Es ist dem, was ich im Fernsehen gesehen habe, so ähnlich, aber gleichzeitig auch ganz anders. Die Weite ist überwältigend.

Kein schlingt einen stützenden Arm um meine Taille und ich lehne mich an ihn, während ich vor dem Fenster stehe und hinausschaue.

Er deutet auf einen riesigen Planeten mit zwei Ringen

und Farbwirbeln drumherum vor uns. „Das ist Yhasphr. Dort werden wir landen." Sein Ton klingt unheilvoll.

„Ist der Planet sicher?"

„Es gibt einen stabilen Sauerstoffgehalt, Wasser und Nährstoffe, die du gefahrlos zu dir nehmen kannst."

„Ich spüre, dass es ein Aber gibt."

„Ein Aber?", fragt er verwirrt.

„Etwas Schlimmes, das du mir nicht sagst."

„Ja. Es gibt ein Aber. Die Zapex benutzten einen Teil von Yhasphr für Experimente, die eine dauerhafte Gammastrahlung verursacht haben. Das wiederum führte zu Mutationen in der Tierwelt des Planeten. Der Planet wurde in den letzten dreihundert Jahren nicht mehr besucht. Es ist unklar, wie viel sich verändert hat."

„Kein", sage ich und blinzle zögernd zu ihm auf. „Wenn wir einen weiteren Energiestein für das Schiff bekommen ... bringst du mich dann nach Hause ... zur Erde?" Noch während ich frage, dreht sich mein Magen nervös um.

Er schüttelt den Kopf. Ich kann den Ausdruck auf seinem Gesicht nicht lesen. „Die Erde ist viele Monate entfernt, und das selbst mit Hyperantriebsgeschwindigkeit. Dein Körper ist nicht in der Lage, das zu überstehen. Menschen sind ... *du* wurdest für die Reise kryogenetisch eingefroren. Selbst wenn wir genug Vorräte hätten, um uns zu versorgen, wäre die Gefahr, dass wir aufgegriffen werden, dreimal so groß. Wir müssten die Zapex-Wachposten rund um das Sonnensystem der Erde passieren."

„Oh." Mein Blick sinkt zu meinen Füßen und Tränen steigen mir in die Augen. Irgendwie hatte ich selbst in meiner unfassbaren neuen Realität geglaubt, dass ich eines Tages wieder nach Hause zurückkehren würde. „Ich bin also schon monatelang weg." Es ist eher eine Feststellung als eine Frage, aber Kein nickt trotzdem.

Ich frage mich, ob irgendjemand nach mir gesucht hat oder ob ich nur eine weitere vermisste Person bin, die vergessen werden wird. Mein Gesicht hätte einen Tag lang die lokalen Medien dominiert und wäre am nächsten verschwunden gewesen. Jeder, der mich kennt, hält mich wahrscheinlich schon für tot. Und hier bin ich im Weltraum und lebe einen Traum ... einen Albtraum.

Kein hebt mein Kinn an und zwingt mich, ihn anzuschauen. Strenge Züge liegen auf seinem Gesicht. „Dein Leben ist jetzt mit uns.“

Im Moment besteht „uns“ nur aus ihm. Und sollte ihm irgendetwas zustoßen, bin ich in einem Ausmaß am Arsch, wie ich es noch nie auch nur in Betracht ziehen musste. Selbst mit sechzehn, als ich vor einem Leben ohne meine Eltern stand und auf mich selbst aufpassen musste, hatte ich nicht so viel Angst.

Ich kann nicht einfach auf den guten Willen eines Restaurantbesitzers und einer Kellnerin setzen. Es ist ja nicht einmal so, als wäre ich in einem anderen Land verloren gegangen. Die Schalttafeln des Schiffes starren mich spöttisch an. Ich könnte dieses Shuttle nicht steuern, wenn es nötig wäre. Wo wir sind, hätte ich allein keine Überlebenschance.

Ich nicke und bin plötzlich zu erschöpft, um darüber nachzudenken, was meine Zukunft bringen könnte oder nicht. Ich lehne mich schwer an seine Seite und gähne. Ich bin zwar gerade erst aufgewacht, aber ich könnte trotzdem im Stehen einschlafen.

„Komm, meine *Zepka*.“ Kein hebt mich leicht in seine Arme. „Du musst dich ausruhen.“

Anstatt mich dorthin zurückzubringen, wo ich aufgewacht war, schiebt er eine Seitenwand mit dem Stiefel auf und eine Schlafmatte gleitet heraus. Er überrascht mich, indem er sich selbst auf der Matte ausstreckt und mich auf sich platziert.

Mein Körper entspannt sich, aber ich atme tief ein und verkrampfe mich, als seine pralle Erektion unter meinem Bauch zum Leben erwacht.

„Psst, entspann dich, Allyson. Ich weiß, dass du noch zu schwach für die Paarung bist. Mein Körper reagiert nur auf deine Nähe."

Ich bin zu schwach, aber das Gefühl unter mir weckt andere Teile in mir auf. Seine Hände verkrampfen sich auf meinem Rücken, während er mich sanft streichelt, und ich weiß, dass er meine Reaktion spüren oder riechen kann. Unfreiwillig zuckt meine Hüfte. Er hält mich fest und schließt die Augen.

„Ich werde dir nicht wehtun", sagt er, um mich abzuweisen.

„Du wirst mir nicht wehtun." Ich küsse seinen Kiefer.

„Du bist noch zu schwach."

Mein Leben ist sehr beängstigend und unsicher geworden, aber sein großer Körper unter mir fühlt sich beständig an. Stark. Sicher. „Ich brauche das", sage ich und schmiege mich an seinen Hals.

Ich brauche ihn.

Ich muss in irgendetwas eine Wahl haben.

„Wenn du dich erholt hast, versohle ich dir den Hintern."

Die Androhung von Strafe sollte meinen Körper nicht zum Pulsieren bringen, aber das tut sie.

„Ich kann dich riechen", stöhnt er.

Ich rolle meine Hüfte in einer sanften Einladung gegen ihn, während ich mein Gesicht zu einem Kuss nach oben beuge. Unsere Lippen treffen sich in einem genussvollen

Tanz. Er greift mit suchenden Fingern zwischen meine Beine. Ich bin feucht.

„Ist es das, was du brauchst, *Zepka*?", fragt er, als er mit seinen dicken Fingern in mich eindringt und mein Atem stockt.

Ich sehe ihm in die Augen, greife zwischen uns hinunter und schlinge meine Finger durch seine Hose um seinen Schwanz, während ich mich an seiner Berührung reibe. „Das ist es, was ich brauche."

Er rollt mit den Augen und ich nehme es als Erlaubnis, seine Erektion herauszuziehen und mit meiner Faust an der samtig harten Länge auf und abzugleiten. Das Gefühl von ihm raubt mir den Atem. Genau wie bei Cal kann ich meine Finger kaum um ihn schließen. Ich werde noch feuchter bei dem Gedanken, wie er mich ausfüllt.

Er bewegt seine Finger schneller an meiner Öffnung und ich bin nah dran, so nah. „Ich will dich in mir spüren", keuche ich, weil ich nicht ohne ihn kommen will.

Er stützt sich ab und hilft mir, wieder auf ihn zu gleiten. Ich nehme ihn stückweise auf und lasse mich nach und nach von ihm dehnen. Als er ganz in mir steckt, wiege ich mich sanft auf ihm. Er packt meine Hüfte, um in mich zu stoßen, und ich ziehe meine Beine nah an ihn heran.

„Langsam", sage ich und lasse mich auf ihn herabsinken. „Sanft."

Ich liege auf seiner Brust, während er meine Hüfte packt und sich vorsichtig in mir bewegt. Er zittert unter mir und ich weiß, wie viel Anstrengung ihn mein Verlangen kostet. Er verkrampft die Hände an meiner Hüfte, gräbt seine Finger in mein Fleisch und kämpft darum, sich zurückzuhalten. Ich werde blaue Flecken haben. Sein Gesicht verzerrt sich wie unter Qualen.

Ich kenne diese Qualen selbst ein wenig.

Ich presse meine inneren Muskeln zusammen und nehme mir ein wenig von dem, was mir genommen wurde. Es fühlt sich an, als würde ich einen Ausgleich schaffen. Einen Moment der Macht besitzen, während ich so schwach bin.

Wiedergutmachung.

Ein Teil von mir möchte ihn für die Situation bestrafen, in der ich mich befinde. Und das, obwohl ich weiß, dass es nicht seine Schuld ist. So unlogisch es auch sein mag, so tröstlich ist es für mich, dass ich einen Moment lang die Kontrolle habe. Selbst wenn es nur eine Illusion ist.

Ich lasse mich schneller von ihm wiegen und mein Atem wird schwer, während ich ihn umklammere. Als ich komme, sind es langsame Wellen, die mich überrollen und von dort ausströmen, wo mein Fleisch um seinen Schwanz geschlungen ist.

Als ich mich um ihn zusammenziehe, schwillt sein Knoten in mir an, bis wir uns beide nicht mehr bewegen können. Wir keuchen nur noch und wippen zusammen, während seine flüssige Hitze mich weiter und voller ausfüllt.

Tränen steigen in meinen Augen auf und strömen heraus. Zunächst leise, bis sie unaufhaltsam fließen und ich nicht mehr zu Atem komme, während ich schluchzend den Verlust meines irdischen Lebens betrauere. Den Verlust von allem, was ich kenne.

Er stellt mir keine Fragen. Er reibt mir nicht den Rücken. Er hält mich einfach nur fest, als würde er mich nie wieder loslassen.

Als würde er niemals sterben.

Mich niemals verlassen.

* * *

Als ich aufwache, liege ich allein auf der Matte und fühle mich viel besser als bei meinem letzten Erwachen. Die Abwesenheit von klebrigen Rückständen zwischen meinen Beinen verrät mir, dass Kein mich gesäubert hat. Mein Gesicht erhitzt sich vor Verlegenheit, auch wenn ich mich über seine Fürsorge freue. Er und Cal sind sich ähnlich und doch in vielerlei Hinsicht so verschieden.

Mein Herz pocht vor Sorge, als meine Gedanken zu Cal wandern. Ich fühle mich mit ihm auf seltsame Weise verbunden, auch nach so kurzer gemeinsamer Zeit. Ein dumpfer Schmerz füllt meine Brust bei dem Gedanken, ihn vielleicht nie wiederzusehen. Ich schaue auf und sehe Kein, der vor dem Fenster des Shuttles steht und mich beobachtet.

„Was bereitet dir solchen Kummer, meine kleine *Zepka*? Vermisst du deine Erde? Ich denke, ihr Menschen nennt es Heimweh."

Ich nicke und schlucke schwer, weil ich nicht zugeben will, dass ich an Cal gedacht habe. Auch wenn ein Teil von mir die Erde immer vermissen wird, ist mir jetzt klar, dass mich nichts dort gehalten hat.

Kein kommt herüber, hockt sich vor mich hin und streicht mir eine Haarsträhne hinter das Ohr. Die Geste lässt meinen Magen mit nervösen Schmetterlingen flattern. Außerdem erinnert sie mich an Cal.

„Ich kann deine Gefühle riechen. Ich weiß, wenn du lügst."

„Ich mache mir nur Sorgen um Cal." Zu meinem Entsetzen werden meine Augen feucht und eine dicke Träne rollt über meine Wange, als ich versuche, sie zurückzuhalten. Sein Gesicht ist verhalten, als er sie wegwischt, und ich frage mich, ob er sich wünscht, er hätte nicht gefragt. „Was wirst du tun, wenn ihm etwas zustößt?"

Er denkt darüber nach und schüttelt nach einer Weile den Kopf. „Ich weiß es nicht. Ich habe nie ohne ihn gelebt." Er wirkt ein wenig verloren, als er das sagt.

Jetzt bin ich diejenige, der die Frage leidtut. „Wie alt seid ihr beide?"

„In Menschenjahren ungefähr fünfzig. Wie alle Monrok. Es ist schwer, unser genaues Alter zu bestimmen, weil wir nicht wissen, wann wir entführt wurden. Und die Jun'pn-Jahre sind anders. Ein wenig länger."

Fünfzig? „Ihr seht alle so jung aus." Ich hätte gedacht, sie wären nur ein wenig älter als ich. Höchstens dreißig.

Bei meiner Ungläubigkeit verzieht Kein die Lippen. „Die Zapex haben unseren Alterungsprozess mit ungefähr fünfundzwanzig Jahren gestoppt. Aber es ist wahrscheinlich, dass wir wieder altern werden, sobald wir die Nährstoffspritzen absetzen."

„Werdet ihr plötzlich alt werden?"

„Das werden wir erst wissen, wenn es passiert." Er lächelt und findet meine Besorgnis und mein Entsetzen wahrscheinlich amüsant.

Ich weiß, es ist oberflächlich von mir, aber wenn ich in guten wie in schlechten Zeiten mit diesen Jungs zusammen sein werde, möchte ich wissen, worauf ich mich einlasse.

„Komm, meine *junge* kleine *Zepka.* Es ist fast Zeit zu landen", sagt er und zieht mich hoch. Ich schneide eine Grimasse.

„Wie sehen diese *Zepkas* eigentlich aus?", frage ich, als wir an der Schalttafel vor dem Fenster stehen. Zwei schwebe Sessel erheben sich aus den Bodenplatten und stoßen gegen unsere Hinterbeine. Kein setzt sich anmutig hinein. Er ist offensichtlich an so etwas gewöhnt.

Ich quietsche, als ich mich zurückfallen lasse, und

versuche, eine bequeme Position zu finden. Ein Teil von mir ist besorgt, dass der Stuhl durchdrehen könnte.

„Das ist eine *Zepka*", sagt er und hält seinen Arm hoch. Darüber schwebt das Hologramm eines hässlichen, silbernen Tieres.

Sie ist wie eine Mischung aus einem Hasen, einer Wüstenrennmaus, einem Käfer und ich bin mir nicht ganz sicher, was noch. Sie ist wuschelig und klein und hat einen Körper, der dem eines Hasen ähnelt. Aber da enden die Ähnlichkeiten auch schon. Sie hat fünf riesige schwarze Augen. Kleine Hörner vor den Stummelohren und ... „Sind das Reißzähne?"

Er mustert das Bild liebevoll. „Ja, die wachsen, wenn sie noch ein *Lanja* ist."

Ich habe keine Ahnung, was ein *Lanja* ist. Ich nehme an, das bedeutet, wenn sie ein Jungtier ist. „Und du denkst, dieses Ding ist süß?" Es ist abscheulich.

Kein runzelt die Stirn und das Panel an seinem Arm schließt sich. „Alle Monrok finden sie süß. Wir halten sie wie Haustiere. Es gibt sie überall auf unserem Mondplaneten Mehcad."

„Es tut mir leid, es ist nur so, dass sie Reißzähne hat", werfe ich ein.

„Um den Nektar vom *Gkruhtah*-Baum zu saugen."

Ich seufze. Wenigstens ist es ein furchterregender Pflanzenfresser. Ich schaue zu Kein hinüber. Er überprüft die Anzeigen und ignoriert mich geflissentlich. Sein Gesicht wirkt teilnahmslos, aber ich habe ihn offensichtlich beleidigt. Wahrscheinlich habe ich seine großen, männlichen Gefühle verletzt.

Ich stehe auf, rutsche auf seinen Schoß und schlinge meine Arme um seinen Hals. Er ist ein großer, kräftiger Mann und ich nehme mir einen Moment Zeit, um zu genießen, wie zierlich und weiblich ich mich an ihn gekuschelt fühle.

„Es tut mir leid“, sage ich mit Nachdruck. „Die *Zepkas* sind irgendwie süß.“ *Für furchterregende, außerirdische Kreaturen*, füge ich in meinem Kopf hinzu.

Er wirft mir einen verwirrten Blick zu, als wüsste er nicht, was er mit mir machen soll, bevor er nickt und einen Arm um meine Taille schlingt, um mich näher an seinen Körper zu ziehen. „Mir tut es auch leid.“

Ich zucke fragend mit den Schultern. „Was tut dir leid?“

„Es tut mir leid, dass du jetzt bestraft werden musst.“

„Was? Warum?“

„Du glaubst nicht, dass die *Zepkas* süß sind.“ Sein Gesicht ist düster, aber in seinen Augen liegt ein verruchtes Funkeln, als er mit mir in den Armen aufsteht.

Ich schnaufe. „Das ist kein Grund für eine Bestrafung.“ Ich versuche, mich wegzuwinden, aber er hält mich fest. Ich kann nicht sagen, ob er mich aufzieht oder ob er es ernst meint.

„Du lügst so leicht und vergisst, dass wir es merken.“

Er sagt das „Wir“, als ob Cal hier wäre, aber ich korrigiere ihn nicht.

Er aktiviert die schwebende Liege und drückt meine obere Hälfte mit dem Gesicht nach unten auf das Ende des Polsters. Es ist zu hoch für meine Füße, um den Boden zu erreichen, also hängen meine Beine in der Luft. Die Fußfesseln öffnen sich und schlingen sich um meine Handgelenke, sodass meine Arme an meinen Seiten gefesselt sind.

Es ist ihm ernst.

Er meint es tatsächlich ernst.

Mein T-Shirt rutscht über meinen Hintern nach oben und bauscht sich an meinem Kreuz zusammen. Mit einem

Ruck zischt ein lautes, reißendes Geräusch durch den Raum. Mein Keuchen folgt. Er hat mir das T-Shirt vom Leib gerissen. Die zerfetzten Überreste liegen an meinen Seiten, während die Luft mich überströmt.

Kein gibt ein tiefes, zufriedenes, kehliges Brummen von sich und lässt seine Hand über meinen Hintern gleiten. „Du bist wunderschön, meine kleine *Zepka*."

Er lässt seine Hand mit einem lauten Schlag, der eher schockierend als schmerzhaft ist, auf meinem Hintern landen. „Ich konnte all deine Emotionen riechen, als mein Bruder dir den Hintern versohlt hat", erzählt er im Plauderton. „So viel Demütigung und Frustration ... Schmerz."

Er senkt die Hand mit voller Wucht und ich trete bei jedem Schlag nach hinten. „Aber auch so viel Lust." Er reibt mir sanft den Hintern, bevor er mich noch härter versohlt. Dieses Mal raubt der Schlag mir den Atem und meine Haut kribbelt mit der vertrauten Hitze des letzten Hiebs.

„Ahh, da ist es ja", sagt er, als hätte er etwas gefunden, dass er verlegt hat. Ich schaue finster drein, weil ich genau weiß, was er gefunden hat. Ein pulsierendes Pochen zwischen meinen Beinen.

Dieses Mal kämpfe ich nicht dagegen an. Ich erlebe alles, was er gerade erwähnt hat. Demütigung, Frustration, Schmerz, aber auch Lust. Ich verstehe es nicht, aber auf eine verdrehte Art und Weise will ich das. Ein Teil von mir sehnt sich danach, sich jeder seiner Launen zu unterwerfen. Ich balle meine Fäuste und versuche angestrengt, mich zu entspannen und die Empfindungen über mich rollen zu lassen. Das starke Stechen und Brennen, die jedem kräftigen Hieb folgen. Der sehnsüchtige Schmerz, der mich erfüllt.

Immer wieder schlägt er zu, bis mein Arsch in Flammen

steht und ich keuche. Mein Geschlecht verzehrt sich nach Aufmerksamkeit. Er hält inne und reibt meine wunden Pobacken, aber er schiebt die Hand nicht dorthin hinunter, wo ich sie am meisten brauche.

Ich stoße einen kleinen bedürftigen Laut aus meiner Kehle aus und er gluckst. Es ist ein leises Grollen, das mir einen Schauer über den Rücken jagt. Ich hänge da und warte auf den nächsten Schlag. Ich winde mich sogar und zucke mit meinem Hintern wie mit einer roten Fahne. Ich flehe ihn geradezu an, mir weiter den Hintern zu versohlen, aber stattdessen beugt er mein Knie und führt einen Knöchel nach oben zu meinem Handgelenk.

Plötzlich sind mein Handgelenk und der Knöchel miteinander verbunden und er macht sich an der anderen Seite zu schaffen.

„Kein?" Allzu vertraute Panik kribbelt auf meiner Haut. Vergeblich versuche ich, nach ihm zu treten und mich wegzudrehen, aber ich weiß, dass es sinnlos ist.

Nachdem er mich nach seinem Belieben gefesselt hat, zieht er mich von der Matte und setzt mich vor seinen Füßen ab. Auf gespreizten Knien, die Handgelenke an die Knöchel gefesselt, starre ich zu ihm auf wie ein unwilliges Opfer, das einem Gott dargeboten wird.

In dieser Position bin ich mir der feuchten Hitze, die aus mir tropft, noch mehr bewusst. Mein Gesicht wird rot.

Sein Blick ist gierig.

Raubtierhaft.

Er streichelt meine Wange und fährt mit dem Daumen über meine Lippen. „Meine schöne *Zepka*. In den Zyklen, in denen du geschlafen hast und geheilt bist, habe ich an viele Dinge gedacht. Weißt du, welcher Gedanke mir nicht mehr aus dem Kopf ging?"

Seine Erektion ist prall in seiner Hose. Ich folge seiner

Hand mit meinem Blick, als er über seinen Schwanz streicht, bevor er ihn vor mir herauszieht. Die Eichel ist bereits feucht und ich lecke mir unwillkürlich über die Lippen.

Mit einer Hand auf seinem Schwanz greift er mit der anderen in mein Haar und zieht meinen Kopf zurück, während er sich über mir aufbaut. „Weißt du es?"

„N-nein", würge ich hervor.

Sein Blick ist stürmisch. Entschlossen.

Mein Blick wandert unwillkürlich zurück zu seinem Schwanz. Er krallt seine Hand fester in mein Haar und verlangt, dass ich seinem strengen Blick begegne. Und ich hatte gedacht, er wäre der Nette von beiden.

Noch mehr Nässe fließt aus meinem Körper und ich beiße mir auf die Lippe.

„Dein Mund", grollt er und die Intensität seiner Stimme lässt mich erschauern. „Während die Monrok den Krieg gegen die Zapex beginnen. Während das Schicksal meines Bruders ungeklärt ist. Während meinesgleichen gejagt wird. Während *wir* gejagt werden. Während du heilen musstest, konnte ich nicht aufhören, an deinen Mund zu denken. Und wie sehr ich in dir versinken und dich meine Essenz trinken lassen will."

Er gleitet mit seinem Daumen in meinen Mund und presst ihn auf meine Zunge.

Ohne zu zögern, sauge ich daran und fange an zu lecken. Ich war noch nie eine große Verführerin, aber ich bin es jetzt. Er stöhnt aus tiefster Kehle, als ich mit meinen Zähnen leicht über seinen Daumen kratze und an der Spitze knabbere.

Noch nie war ein Mann so konzentriert wie Kein, als er seinen Schwanz zu mir führt und meine Lippen mit seinem Samen benetzt. Für einen Moment befürchte ich, dass er ihn mir brutal in den Rachen rammen wird. Ich mache mich darauf gefasst, aber er wartet und erlaubt mir, es ihm selbst zu geben.

Er schaut aufmerksam zu, wie ich um die Spitze herum und langsam der Länge nach hinunterlecke, um ihn zu befeuchten, bevor ich ihn sanft hineinsauge. Sein süßer Geschmack strömt über meine Zunge und ich stöhne vor Vergnügen.

Er umklammert meinen Kopf, während sein starrer Blick meinen Mund nicht verlässt, als er seine Länge so tief wie möglich in mich hineinschiebt.

Ich spreize die Lippen weit auf und kann trotzdem nur die Hälfte von ihm aufnehmen.

Er testet seine Grenzen, indem er seine Schwanzspitze bis in den hinteren Teil meiner Kehle stößt.

Ich versuche, mich zu entspannen, aber ich würge trotzdem ein wenig und ziehe an meinen Fesseln. Es erinnert mich daran, dass ich seinem Willen hilflos ausgeliefert bin.

Er tut es erneut und immer wieder, bis mir die Augen tränen.

Mein Körper ist errötet, prickelt vor Hitze und Sehnsucht, und meine Brüste fühlen sich schwer und geschwollen an. Unter mir bildet sich eine Pfütze meines Honigs, der aus meinem Inneren tropft.

Alles für ihn.

Für das Wissen, dass ich ihm Lust bereite.

Mit einer Hand hält er meinen Kopf fest und die andere schlingt er um seinen Schwanzansatz. Er hält mich über sich fest und seine Faust stößt gegen meine Lippen, während er seinen Schwanz massiert.

Ich sauge gierig und spüre, wie er dicker wird. Ich weiß, er ist kurz davor.

Heißer Samen trifft auf meine Zunge. Ich schlucke krampfhaft. Sein Griff um mich wird fester und er presst seine Länge in meinen Rachen und entlädt sich in mir.

Ich ringe nach Luft. Weiße Punkte tanzen vor meinen Augen, bevor er mich von sich abzieht. Ich schnappe nach Luft. Er schaut mit primitiver Befriedigung auf mich herab, während seine Hand immer noch mein Haar festhält.

„Du bist perfekt, meine kleine *Zepka*." In seinen Worten liegt Ehrfurcht. Für mich.

Das warme Glühen, das bei seinem Lob in mir strahlt, hat nichts mit meinen sehnsüchtigen Brustwarzen und meiner pulsierenden Klitoris zu tun. Ich schmiege meine Wange in seine Handfläche und möchte schnurren, während ich mir ein Wimmern verkneife, weil mein Inneres so leer ist.

Ich stecke in riesigen Schwierigkeiten.

Die Zapex halten mich zwar nicht mehr gefangen, aber ich fürchte, ich bin trotzdem eine Sklavin. Ich werde Kein und Cal niemals etwas verweigern können. Wahrscheinlich nicht einmal, wenn ich es wollte.

Und warum mich dieser Gedanke so befriedigt, weiß ich nicht.

Kapitel Acht

„Ich würde dich am liebsten immer so behalten", sage ich schroff. „Nackt, gefesselt und vor meinen Füßen kniend."

Ich könnte in diesem Moment alles mit ihr machen und sie würde es akzeptieren. Würde es begrüßen. Ich kann ihre willige Unterwerfung riechen.

Sie starrt mich mit so viel Anbetung und nacktem Bedürfnis an, dass ich vergesse zu atmen. Zuneigung. Ich kann ihre Wertschätzung riechen und versuche, nicht daran zu denken, dass Cal nicht hier ist, um sie selbst zu erfahren. Es ist etwas, das ich noch nie zuvor gespürt habe. Ich könnte nach diesem Gefühl genauso süchtig werden, wie ich nach ihr süchtig geworden bin.

Mondstrahlenhaar liegt zerzaust um ihre Schultern. Ihr faszinierender Körper errötet. Ihre üppigen Brüste strecken sich mir entgegen.

Ich kann nicht anders, als eine davon in die Hand zu

nehmen. Ich klemme eine dunkle Knospe zwischen Finger und Daumen und drücke zu, bis ich ihren Schmerz und ihre erneute Erregung spüre.

Ihre Lust überschwemmt mich. Obwohl ich meine Essenz gerade erst vergossen habe, pulsiere ich immer noch mit Leben.

Ich verschlinge ihren Mund mit dem meinen und schmecke meine Essenz auf ihren Lippen. Sofort will ich sie überall damit bedecken.

Ich presse sie zurück und spreize ihre Knie weit auf.

Ihre glitzernden Schamlippen sind prall und bereit für mich. Sie hält still, atmet kaum, zittert jedoch in Erwartung.

Perfektion.

Ich könnte allein von ihrem Duft und Geschmack leben.

Sie krümmt ihren Körper, als ich ihren Nektar ablecke. Feuchte Hitze ergießt sich über meine Zunge wie Ambrosia. Ich sauge ihre Klitoris in meinen Mund, bis sie ihre prallen Schenkel fest um meinen Kopf schließt. Ich zwinge ihre Beine weit auseinander und halte sie offen.

Sie windet sich unter mir und ich möchte mich aufrichten und meinen Schwanz in sie stoßen, bis ich nichts mehr zu geben habe.

Ihr Atem kommt in kleinem Keuchen und Stöhnen, während ich mit meinen Zähnen leicht über das Nervenbündel ihrer Klitoris streife und an ihren Schamlippen sauge.

Ein Sensor ertönt und ich schrecke auf. Wir haben die Stratosphäre von Yhasphr erreicht.

Unter mir stemmt sich Allyson auf die Zehenspitzen und stößt mir ihr Becken entgegen. „Bitte, Kein. Bitte hör nicht auf."

Ihr Flehen lässt meinen Schwanz pulsieren.

Sie *bettelt*.

Ich muss sie öfter betteln lassen.

Ihr Geschlecht streift mein Kinn und ich gebe ihr einen leichten Kuss zur Entschuldigung, bevor ich aufstehe. Anstatt mich unbehaglich zu fühlen, lasse ich meine Hose offenstehen, während ich zum Bedienfeld gehe.

„Nein-nein-nein!" Allysons entsetzter Ausruf folgt mir. „Wo willst du hin? Warum hast du aufgehört?" Sie zerrt an ihren Fesseln und zittert leicht mit ungestillter Begierde.

Ich habe Mitleid mit ihr, schreite hinüber und hebe sie mit einem Arm um die Taille hoch, während ihre Handgelenke noch immer an die Knöchel gefesselt sind. „Es ist Zeit, dass wir landen."

„Kein", jammert sie. „Mach mich los."

Ich küsse ihre Schläfe. „Das werde ich, wenn ich so weit bin." Ich bin noch lange nicht so weit.

Sie wimmert. Das Hinauszögern ihres Orgasmus wirkt wie ein starkes Aphrodisiakum für mein kleines menschliches Weibchen. Ich kann ihr Unbehagen ebenso riechen wie ihr schweres Verlangen. Es strömt von ihr aus und ich beschließe, sie in Zukunft öfter auf diese Weise zu quälen.

Ich setze sie auf meinen Schoß und ziehe sie an mich, sodass ihr Rücken an meine Vorderseite gepresst wird. Ihre Knie sind über meine Oberschenkel gestreckt und weit aufgespreizt. Mein Schwanz schmiegt sich glücklich zwischen die beiden Backen ihres Arsches. Ihr Herz rast schneller, je näher wir der Atmosphäre des Planeten kommen. Ich schlinge meinen Arm fester um ihre Taille.

Feuchte Hitze strahlt aus ihrem Inneren wie der Ruf einer Sirene. Ich fahre mit meiner Hand an ihrer Vorderseite hinunter und tauche meine Finger in ihre Wärme ein.

Der Geruch ihrer Erregung und Angst verlockt mich, ebenso wie das üppige Gefühl ihres Körpers.

Ich löse ihre Handgelenke von den Knöcheln und fessle sie erneut, diesmal hinter ihrem Rücken.

„Kein, was machst du da?" Ihr besorgter Ton bringt mich zum Lächeln.

Mit ihr zu spielen, ist ein unerwartetes Vergnügen. Als Antwort hebe ich sie so weit hoch, dass ich meinen Schwanz in sie schieben kann. „Ich will deine enge Muschi um mich herum spüren."

Sie stöhnt bei meinen Worten. Ich stecke nur mit der Spitze drin, aber die feuchte Hitze ihrer Muschi bedeckt mich bereits und tropft an meinem Schwanz hinunter. Ich stoße zu, ziehe sie nach unten und verlange, dass ihr enges Fleisch mir nachgibt.

Mit einem erstickten Schrei entweicht ihr jegliche Luft. Ihr Kopf fällt auf meine Schulter zurück, sodass ihre Brüste nach vorn herausgestreckt werden.

Ich kneife in ihre Brustwarzen und sie wippt mit einem Stöhnen auf meinem Schoß.

„Ich habe beschlossen, dass wir so landen werden. Mit deiner Essenz, die auf meine Schenkel tropft. Mit deinem Körper, der vor Lust schreit."

Ich halte sie auf meinem Schwanz fest und koste und knabbere an der fleischigen Seite ihres Halses und ihrer Schulter. Ihr enger Kanal zieht sich dabei zusammen, was mich stöhnen und es noch einmal tun lässt.

„Weißt du eigentlich, wie wundervoll sich deine Muschi um mich herum anfühlt?"

Ein kleines Summen in ihrer Kehle ist alles, was ich als Antwort bekomme.

Ich streiche über ihre glitschigen Schamlippen, finde

ihre Klitoris und umkreise sie. Sie bäumt sich auf mir auf und ich halte sie mit einem Arm an ihrer Taille fest, während ich festere, engere Kreise ziehe, wobei ich jedes Mal absichtlich kurz vor ihrem Orgasmus aufhöre.

„Kein", wimmert sie aus Protest oder Vergnügen, dessen bin ich mir nicht sicher. Wir stöhnen beide auf, als ihre heiße Feuchtigkeit sich über mich ergießt.

„Schau mal", sage ich und ziehe ihren Kopf zurück. Die Landschaft von Yhasphr kommt ins Blickfeld, ein Kaleidoskop von Farben, wie es sie nur auf diesem Planeten gibt.

„Was siehst du?", frage ich. Meine Stimme ist rau. Mit den Händen an ihrer Hüfte hebe ich sie hoch und lasse sie wieder hinuntergleiten. Die einzige Kulisse, die ich brauche, ist mein glitzernder Schwanz, der wieder in ihrer Hitze verschwindet.

Während sie sich hebt und senkt, gibt sie kleine Laute von sich, als ihre Hände in ihren Fesseln kreisen.

„Was siehst du?", frage ich erneut.

„Farben. Jede Farbe des Regenbogens."

Ich drücke ihre Brustwarzen fest und beiße in ihren Hals.

Ihr Atem stockt, als sich ihre Scheide fest um meinen Schwanz zusammenzieht und sie den Kopf an meine Schulter fallenlässt. „Oh Gott, das ist so gut."

„Du konzentrierst dich nicht", sage ich.

Ein Wimmern entspringt ihrer Kehle, als sie ihren Kopf hebt. Ich reibe mit meinen Fingern über ihre Klitoris. „Es ist nicht ... es ist überhaupt nicht ... überhaupt nicht wie auf der Erde." Keine Beschwerde, nur eine Feststellung. Ihr Körper ist bereit. Sie steht kurz vor der Explosion.

„Siehst du diesen Felsvorsprung?" Ich zeige auf eine orangefarbene Felsformation in einem lilafarbenen Baumbestand am Fuße des Berges. Mit einer Hand an ihrer Kehle drehe ich ihr Gesicht zu mir. „Du wirst deinen Höhepunkt nicht erreichen, bis wir dort angekommen sind."

Ich ficke hart in ihren Körper. Meine Wildheit lässt ihr Fleisch erbeben. Mit einer Faust greife ich in ihr Haar und drehe ihren Hals, um ihren Mund mit meinem zu bedecken und ihre Schreie zu schlucken. Ihr Körper ist wie eine Feder gespannt. Sie kämpft gegen die Ekstase.

Lust.

Schmerz.

Sie pulsieren in Wellen aus ihr.

Mit einer Hand an ihrer Kehle presse ich sie mit dem Rücken an mich. Ich bearbeite ihre Klitoris zwischen zwei Fingerknöcheln und mein Knoten schwillt an.

„Noch nicht", knurre ich an ihrem Ohr, um sie und mich daran zu erinnern.

„Bitte, b-bitte, jetzt", bettelt sie.

Ihr Körper zittert und Tränen fließen aus ihren Augen, als das Shuttle langsamer wird und die Baumkronen durchbricht.

„Jetzt." Ich hauche das Wort und sie explodiert. Ihr Körper krümmt sich, ihre Schreie sind erstickte Laute.

Mein Schwanz wird von ihren Zuckungen gepackt und bebt, als sie sich auf mir aufbäumt. Ich knurre an ihrem Rücken, während meine Eier sich schmerzhaft zusammenziehen. Die Essenz spritzt in Strömen heraus und läuft über, obwohl mein Knoten sie in ihr hält.

Meine interne Kybernetik arbeitet hart, um meine Herzfrequenz und meinen Atem zu regulieren. Sie ringt immer noch nach Luft und ihr Herzschlag rast. Ich atme den Moschusduft ihres Schweißes ein, teils vom *Nhu*-Öl aus dem *Bak*, teils ihren natürlichen Geruch. Ich streiche ihr die losen Haarsträhnen aus dem Gesicht und schmiege mich an ihre Wange.

Monrok sind nicht in der Lage, berauscht zu werden, aber ich glaube, ich habe mich allein an ihrem Duft betrunken.

„Willkommen auf Yhasphr, meine kleine *Zepka*."

ALLYSON

Keins Gesicht wirkt düster, als er mir meine Nährstoffspritze gibt. Ich sitze nackt auf einem Schwebesitz, der so weit oben schwebt, dass meine Füße hinunterbaumeln. Langsam gewöhne ich mich an meinen ständigen Zustand der Nacktheit.

Ich stupse ihn am Arm an, um seine Aufmerksamkeit zu erregen. „Was ist los?"

„Das war die letzte Nährstoffspritze. Ich muss das Schiff verlassen und eine andere Nahrungs- und Wasserquelle für dein Überleben finden." Er streichelt mir zärtlich über die Wange, aber er scheint immer noch mit sich selbst beschäftigt zu sein. Ich weiß, dass seine Gedanken sich bereits mit der bevorstehenden Aufgabe auseinandersetzen.

Er sagt nichts über sein Überleben, aber er ist Monrok. Er kann wahrscheinlich für länger als ich ohne das Nötigste zurechtkommen. Ich schaue aus dem Fenster auf die leuchtend orangefarbene Steinmauer und die Büsche in allen Farben. Der Ort sieht aus wie etwas, das Willy Wonkas Oompa Loompas ausgekotzt haben, aber ich will ihn mir irgendwie genauer ansehen. Außerdem möchte ich auf keinen Fall allein zurückgelassen werden. „Warum nimmst du mich nicht mit?"

„Hier ist es sicherer für dich." Er zuckt mit den Schultern und zieht sich eine Art Sicherheitsweste an. Er öffnet ein Wandpanel und fängt an, sich die Taschen mit Ausrüstung vollzustopfen. Sein Gesicht ist stahlhart und konzentriert. Im Licht, das durch die vorderen Fenster des Shuttles fällt, spannen sich seine starken Muskeln mit müheloser Kraft und Anmut bei jeder seiner Bewegungen an. Er rüstet sich wie für einen Kampf und sieht ganz nach dem Elitewächter aus, zu dem er geschaffen wurde.

„Für mich gibt es keinen sichereren Ort als deine Seite." Meine Stimme klingt bedeutungsvoll. Wahrscheinlich klinge ich wie ein liebeskranker Trottel. Aber ich kann mir nicht vorstellen, jemals sicherer zu sein, als wenn ich mit ihm und Cal zusammen bin. Außerdem möchte ich das warme Sonnenlicht auf meinem Gesicht spüren.

Mit einem nachdenklichen Stirnrunzeln wirft er mir ein T-Shirt über den Kopf, das genauso aussieht wie das, das er mir vom Leib gerissen hat. Ich erröte bei der Erinnerung daran und beiße mir auf die Lippe. Ich hätte nichts gegen eine Wiederholung dieses Ereignisses.

Kein knurrt aus tiefster Kehle, bevor er sich abwendet. „Ich werde zuerst hinausgehen. Wenn es sicher ist, darfst du mitkommen."

Ich kann mein triumphierendes Lächeln nur schwer verbergen und er wirft mir einen tadelnden Blick zu. „Es gibt noch eine Schicht, vielleicht eineinhalb Schichten lang Sonnenlicht. Länger kannst du dich nicht im Freien aufhalten und der verbleibenden Strahlung ausgesetzt sein. Meine Sensoren sagen mir, dass die Luft sauber ist und es etwas mehr als einen Kilometer von hier entfernt eine Frischwasserquelle gibt."

„Deine Sensoren?"

Er antwortet nicht, sondern schaut auf meine nackten

Zehen und flucht. Ich verstehe nicht, was er sagt, aber ich erfasse das Wesentliche. Er hat vergessen, dass ich keine Schuhe habe. Ich habe es auch vergessen. Im Weltraum braucht man keine Schuhe. Er geht zurück zur Schalttafel und holt eine Art weißen, plastikartigen, medizinischen Verband heraus. Sein Gesichtsausdruck wirkt entschlossen.

Ein Schwebesitz wird herumgeschwenkt. Er setzt mich darauf, nimmt meine Füße und bindet den Verband locker darum. Als er fertig ist, richtet er mich auf und ich laufe in dem kleinen Raum umher, um meine improvisierten Schuhe zu testen. Sie fühlen sich komisch und rutschig an, aber besser als nichts.

Zufrieden nimmt er meine Hand. Die Tür des Shuttles öffnet sich, als wir darauf zugehen, und eine Rampe senkt sich zum Boden hinunter. Die Luft ist dick und mild und riecht intensiv nach Blumen, als hätten wir gerade einen botanischen Garten betreten, aber hoch zehn. Sofort perlt Schweiß von der Luftfeuchtigkeit auf meiner Haut. Der Boden ist rot und schwammig, wie Moos auf dem Material einer aufblasbaren Hüpfburg.

Ich wippe auf der Stelle, aber Kein schüttelt den Kopf und wirft mir einen tadelnden Blick zu.

„Wir müssen vorsichtig und aufmerksam sein." Sein Ton ist streng, als er mich hinter sich zurück zur Rampe zieht. „Dieser Planet ist seit über dreihundert Jahren nicht mehr besucht worden. Es gibt viel Unbekanntes."

Missmutig runzelt er die Stirn und ist offensichtlich unglücklich darüber, dass ich mitkommen will. „Ich werde die Gegend absuchen. Beweg dich nicht vom Shuttle weg. Wenn du etwas hörst oder siehst, schließt du die Luke." Er deutet auf eine Schalttafel direkt hinter der Tür. Ich habe keine Ahnung, wie man dieses Panel bedient, aber ich nicke, als ob ich es wüsste. Er fixiert mich mit seinem Blick.

„Wenn du dich von hier wegbewegst, wirst du eine Strafe bekommen, die dir nicht gefallen wird."

Ich wehre mich dagegen, vor seiner Drohung zurückzuschrecken, und bleibe wie angewurzelt stehen.

Kein verschwindet aus meinem Blickfeld. Seine Schritte sind so leise wie auf dem Schiff.

Ich staune und schaue mir diesen seltsamen Ort an. Es besteht kein Zweifel daran, dass ich mich auf einem anderen Planeten in einer anderen Galaxie befinde. Die Bäume ragen so hoch in den Himmel, dass ich meinen Hals ganz nach hinten strecken muss, um zu sehen, wo sie in ihren breiten, violetten Baumkronen enden. Sie bestehen aus pflaumenfarbenen, bambusartigen Stämmen. Alle Triebe bilden zusammen einen riesigen Stamm, der an der Basis etwa drei Meter breit ist.

Das Laub der farnartigen Pflanzen bietet eine schwindelerregende Vielfalt an Farben.

Hoch oben in den Bäumen bewegt sich etwas. Ich blinzle und versuche, zu erkennen, was es ist, als Kein wieder in Sicht kommt.

„Komm. Lass uns schnell sein. Ich mag es nicht, dich im Freien zu haben."

Er ist jetzt völlig im Rambo-Modus. Ich folge ihm dicht auf den Fersen, bin aber so in unsere Umgebung vertieft, dass ich ständig über Unebenheiten im Boden und über meine eigenen Füße stolpere. Hin und wieder ertappe ich ihn dabei, wie er mir einen finsteren Blick zuwirft, der zeigt, dass er sich seiner Entscheidung, mich mitzunehmen, nicht sicher ist.

Eine Art federloser Vogel fliegt auf uns zu. Ich ducke mich hinter Kein und klammere mich an seiner Weste fest. Dieser verdammt gruselige Vogel ist so groß wie ein Adler und eins seiner Augen sieht aus, als würde es abrutschen.

Kein schüttelt den Kopf. „Die Strahlung hat sich auf die Tierwelt ausgewirkt."

Das kann er laut sagen. Ich schaue mich nun viel vorsichtiger um als zuvor und zucke bei jedem Geräusch zusammen. Je länger wir nicht mehr im Shuttle sind, desto mehr will ich dorthin zurück. Kein legt ein schnelles Tempo vor und ich muss ein paarmal joggen, um mitzuhalten. Es ist, als würde man auf feuchten Schwämmen laufen.

Ich fange an, Seitenstiche zu bekommen, und mein T-Shirt klebt an meiner verschwitzten Haut, aber ich protestiere nicht gegen sein Tempo. Je schneller wir Wasser bekommen, desto schneller können wir zurückkehren.

Wir gehen eine Weile schweigend und mir fällt auf, dass wir keinerlei Ungeziefer gesehen oder gehört haben. In diesem Klima würden wir auf der Erde, wenn schon keine Moskitos, so doch wenigstens überall Insekten hören. „Ich will mich ja nicht beschweren, aber gibt es hier denn keine Insekten?"

„Es sollte welche geben." Er schaut sich unbesorgt um, was mich beruhigt. Wenn er sich keine Sorgen macht, sollte ich es auch nicht tun. „Die meisten von ihnen leben im Boden oder in den Bäumen."

Wir gehen weiter und ich werde das Gefühl nicht los, dass wir beobachtet werden. Wahrscheinlich bin ich paranoid, denn hier scheint alles anders zu sein. Dieser ganze LSD-Trip eines Planeten macht mich nervös und der Geruch bereitet mir Kopfschmerzen.

Ich höre das Wasser, bevor ich es sehe. Es klingt wie ein plätschernder Bach und ist das einzig vertraute Geräusch in diesem gruseligen Spukhaus-Wald. Das Felsenbett des Flusses ist rot und orange, aber das Wasser, das dort hinunterfließt, ist Gott sei Dank klar.

Kein hockt sich hin und zieht drei Beutel heraus, die sich schnell ausbreiten, als sie sich mit Wasser füllen.

Mit trockenem Mund und Schmerzen im Kopf greife ich nach einem der Beutel, doch er schlägt meine Hand zurück.

„Das Wasser ist nicht sicher, wenn es direkt aus dem Fluss getrunken wird. Ich muss einen Umkehrosmosefilter in der Ausrüstung auf dem Schiff finden oder einen bauen, um das Wasser von Strahlung und anderen Verunreinigungen zu reinigen."

Ich streiche mir die schweißnassen Haare aus der Stirn und möchte bei seinen Worten weinen. Die Nährstoffspritzen haben meinen Hunger und Durst gestillt, aber Kein hat sie mir nur noch jeden zweiten Tag gegeben, um mich langsam von ihnen zu entwöhnen. Er selbst hat seit mindestens zwei Tagen keine mehr bekommen, aber anscheinend kann ein Monrok für länger ohne Dinge wie Nahrung und Wasser überleben. Nach einer Wanderung durch die Hitze brauche ich etwas zu trinken.

Er ist gerade dabei, den letzten Beutel zu verschließen, als er seinen Kopf alarmbereit hebt. Das genügt und ich bin sofort hellwach und suche die Umgebung mit den Augen ab.

Er wirft sich die Wasserbeutel auf den Rücken und greift nach meiner Hand. „Wir sind nicht allein", ist alles, was er sagt, bevor wir durch den Wald zurück zum Shuttle rennen.

Kein reißt mich mit sich. Meine Beine sprinten wie wild, um mit ihm Schritt zu halten. Das Gestrüpp peitscht und schneidet über meine Haut. Meine brennenden Muskeln betteln darum, nachgeben zu dürfen, aber ich treibe sie immer schneller an und klammere mich an seine Hand.

Er flucht und reißt mich hoch und über seine Schulter. Der Boden verschwimmt. Ich schließe die Augen und halte mich fest.

Ein Getose aus grunzendem Brüllen setzt ein und wird immer lauter. Ich schaue auf und dann sehe ich sie. Gremlin-artige, wilde, bunte Kreaturen kommen aus allen Richtungen auf uns zu. Sie haben böse, schwarze Augen und rasiermesserscharfe Zähne.

Eine von ihnen springt auf meinen Rücken und gräbt ihre Krallen in meine Haut. Blendender Schmerz schießt in mein Bein hinauf, als ein weiteres Tier seine Zähne in mir versenkt. Ich schreie vor Angst. Kein stößt sie weg, ohne in seinem Tempo innezuhalten.

Detonationen zerreißen die Luft, aber ich kann nicht sehen, woher sie kommen. Die Kreaturen kreischen in einem schrillen, ohrenbetäubenden Ton. Einige ziehen sich zurück. Andere kommen immer noch auf uns zu und brüllen.

Kein hat den Arm ausgestreckt und ich sehe, wie eine weitere Detonation wie eine Energiequelle seine Hand verlässt.

Wir betreten gerade die Lichtung, als der Boden zu beben beginnt. Das wütende Brüllen der Gremlins wird zu einem verzweifelten Quietschen, als sie sich zerstreuen.

Ein durchdringender Pfiff zerreißt die Luft. Alles wird langsam. Eine Explosion detoniert vor uns. Ein Feuerball der Zerstörung. Die Erde zittert. Kein wirft mich zu Boden und deckt mich mit seinem Körper zu. Die Hitze fegt in einer Flutwelle des Zorns über uns hinweg. Ich bin größtenteils geschützt, aber sie versengt meine Zehen. Meine Waden. In meinen Ohren dröhnt es und dämpft alle Geräusche. Alles ist wie verzerrt. Unscharf.

Ein Teil unseres Shuttles fällt vor uns auf den Boden

und knarrt, bis es liegen bleibt. Der Rest der schwelenden Überreste liegt in Trümmern auf der ganzen Lichtung verteilt.

Ein pelziger blauer Gremlin stürmt auf uns zu. Er wirkt jetzt nicht mehr böswillig, sondern voller Angst. Einen Meter von uns entfernt wird er zurückgeschleudert und fliegt durch die Luft, als wäre er von einer unsichtbaren Kraft getroffen worden.

Keins Körper wird schwer auf meinem. Es fällt mir schwer, zu atmen. Ich drücke gegen seine Schulter. „Kein?" Er antwortet nicht. Nicht einmal ein Zucken. Es ist schwer, mich zu bewegen, aber es gelingt mir, meine Schulter so weit unter seine Brust zu schieben, dass ich sein Gesicht sehen kann.

Sein Körper ist immer noch angespannt, aber sein Gesicht ist erschlafft und die Augen sind geschlossen. Voller Panik ringe ich nach Luft. Ich weigere mich, zu glauben, dass er tot ist. Er darf nicht tot sein. „Kein?!" Ich versuche, nach oben zu greifen, um ihm ins Gesicht zu schlagen, aber meine Arme sind unter seinem schweren Gewicht eingeklemmt.

„Oh Gott, Kein, bitte wach auf. *Bitte.*"

Ein schnittiges kleines Shuttle landet hinter den Überresten unseres Schiffs und mein Herz schlägt dreimal schneller.

Cal? Oh Gott, bitte lass es Cal sein. „Cal, wir sind hier drüben!", rufe ich, aber der Ton prallt von mir ab, als befänden wir uns in einer unsichtbaren Blase.

Die Vorderseite des Raumschiffs öffnet sich wie eine Kapsel. Im ersten Moment sehe ich nur schwarze Stiefel. Schwarze Hosen. Erleichterung durchströmt mich und Tränen füllen meinen Blick. Es ist Cal.

Aber dann kommt der Mann ins Blickfeld. Er ist ein

Monrok, aber nicht Cal. Sein blonder Irokesenschnitt und seine Tätowierungen kommen mir nur allzu bekannt vor. Dies ist der Mann, der wütend auf Cal war, weil er sich weigerte, mich zu teilen. Er marschiert auf uns zu und ich bezweifle irgendwie, dass er hier ist, um uns zu retten.

Nur wenige Meter vor uns entfernt bleibt er stehen und stemmt die Hand an die Hüfte. Er lässt sich auf die Knie sinken, neigt den Kopf und unsere Blicke begegnen sich. Seine kristallblauen Augen, die denen von Kein und Cal so ähnlich sind, funkeln mit sadistischer Freude. Es ist, als hätte der Drecksack die Lotterie gewonnen.

Ich klammere mich fest an Keins Brust und versuche, unter ihm zusammenzuschrumpfen. Ich will, dass er aufwacht. Ich bete, dass das Kraftfeld, das uns umgibt, nicht verschwindet.

Ein schiefes Lächeln verzieht seine Lippen. Entsetzen schnürt mir die Kehle zu. Er steht auf und weicht ein paar Schritte zurück. Nervös und verwirrt beobachte ich ihn. Er hebt seine Hand, dreht die Handfläche nach außen und ich mache mich bereit. Obwohl ich es erwarte, schreie ich auf, als ein lauter Knall unseren Schutzschild durchschlägt. Das Geräusch hallt in Wellen um uns herum, als ob wir in einem Tunnel wären.

Er schießt erneut auf uns und ich verkrieche mich noch weiter unter Kein, meinem einzigen Schutz.

Etwas huscht über mein Bein und ich zucke zusammen. Ich will es abschütteln, werde jedoch von einem stechenden Gefühl durchbohrt, als wäre ich gebissen worden. Als ich den Kopf drehe, sehe ich den schillernden Glanz von käferähnlichen Wanzen. Je mehr ich mich bewege, desto mehr Stiche spüre ich an meinen Beinen, Armen und Bauchmuskeln.

Sie sind überall auf mir und ihre kleinen Krabbelbeine

kratzen über meine Haut. Sie huschen über meinen Hals und mein Gesicht. Unter Kein eingeklemmt, kann ich sie nicht abwischen. Ich kann nicht einmal den Mund öffnen, um zu schreien. Tränen strömen aus meinen Augen und ich schüttle mich mit entsetzten, leisen Schluchzern.

Meine Augen und Lippen presse ich fest zusammen.
Bitte, wache auf, Kein. Bitte, wach auf.

Kapitel Neun

CAL

Sie projiziert wieder. Und schwebt in Gefahr. Das erste Bild in meinem Kopf war eine verschwommene Vision von Kein. Ich dachte, ich würde halluzinieren. Ich wusste nicht, was vor sich ging. Aber als ich die bruchstückhaften Projektionen von Gefühlsfetzen empfing, wusste ich, dass sie von ihr stammten. Von unserer Gefährtin.

Ich rase nach Yhasphr hinüber und die Farben verschwimmen in einem verrückten Rausch unter mir. Irgendetwas muss passiert sein, dass sie hier gelandet sind. Und ich weiß, dass sie hier irgendwo sind. Die Bilder werden immer klarer. Je näher ich komme, desto deutlicher sehe ich sie. Spüre ihre Gefühle. Ihre Verzweiflung.

Ich folge meinem Instinkt und kreise in die Richtung einer Bergkette. Ich rufe nach Kein, aber er antwortet nicht. Dass unsere Verbindung unterbrochen wurde, war ein hohler Schmerz, den ich nie wieder erleben möchte.

Auch sein Gefühl des Verrats und der Zweifel möchte

ich nie wieder spüren. Er hatte nicht damit gerechnet, dass ich bleiben und gegen Kaihan kämpfen würde, auch wenn ich wusste, dass ich vielleicht nicht überleben würde. Ich hatte mit seiner Wut gerechnet, aber nicht mit dem Gefühl des Verlassenwerdens, das mich überkam. Ich nutzte sein Unglück, um meine Wut zu schüren. Es gab viele Zapex an Bord, aber ihre größten Stärken lagen nicht in ihren Körpern. Monrok wurden gebaut, um zu kämpfen. Um zu überleben. Wir sind die größte Waffe der Zapex und ihre beste Verteidigung. Dies erwies sich als ihr fataler Untergang.

Kaihan war kein Kämpfer, er war eher ein Wissenschaftler, aber sein Bruder Keel soll ein Krieger sein. Ein wahrer Anhänger der alten Traditionen, als die Zapex noch gegen die Ko'sars kämpften. Es ist allgemein bekannt, dass er uns Monrok, die Schöpfung seines Bruders, verabscheut.

Ich bin sicher, wir werden alle für die Zerstörung seines Bruders bezahlen müssen. Wie auch die gesamte Menschheit.

Ihr Vater, der König, hat unsere Schöpfung unterstützt. Er verspürt eine seltsame Faszination mit den Menschen. Obwohl er in ein hohes Alter kommt, könnte er selbst für unsere Auslöschung sorgen und eine willenlose, gehorsame neue Verteidigungslinie an unsere Stelle setzen.

Wie auch immer unser Schicksal ausgehen mag, Kein hatte recht. Es ist besser, kämpfend zu sterben, als den Zapex zu dienen.

Die Überreste eines Zapex-Shuttles tauchen auf meinen Sensoren auf, bevor ich sie sehe. Und eine Lebensform. Das heißt aber nicht, dass Kein nicht dort ist. Monrok haben keine thermischen Messwerte.

Ich steuere mein Schiff nach unten und gleite über die Baumkronen hinweg. Allysons schrille Schreie sind scharf und lebendig, als sie in meinem Kopf klingen. Ihr blanker Terror zerfrisst mich. Er reißt mir die Brust auf und das immer noch schlagende Herz heraus. Lieber würde ich mich ein Leben lang mit den Zapex quälen, als sie leiden zu lassen. Sie ist sowohl meine Schwäche als auch meine Stärke.

Als ich die schwelenden Überreste eines Shuttles und drei Lebensformen entdecke, fliege ich einen Kreis und beurteile die Situation mit meinem internen Sensor. Die Lesung zeigt mir, dass Keins Schild voll aktiviert ist, sein Sterblichkeitszustand ist kritisch. Ich brauche meine Sensoren nicht, um zu wissen, wer dort über ihm steht und auf seinen Schild schießt. Wer versucht, zu unserer Gefährtin zu gelangen.

Teik.

Wut brennt in mir wie ein lebendiges Wesen.

Der doppelzüngige Idiot muss ihnen gefolgt sein. Die Mehrheit der Monrok an Bord war geblieben, um zu kämpfen. Obwohl er kein Weibchen hatte, floh dieser selbstsüchtige *Aheh*. Jetzt erkenne ich, dass er eine Täuschung im Sinn hatte.

Ich nehme das Ziel ins Visier und feuere eine Rakete ab. Teiks Schild ist aktiviert, also tötet sie ihn nicht, aber es ist nicht weniger befriedigend zu sehen, wie er von Kein weggeblasen wird. Er richtet einen Schuss zurück auf mein Schiff und ich spotte. Sein Schild wird den Waffen meines Schiffes nicht lange standhalten. Das wissen wir beide. Er kämpft jetzt um sein Leben. Aber sein Leben war in dem Moment vorbei, als er versuchte, meinen Bruder zu vernichten und uns das zu nehmen, was uns gehört.

Mit einem Knopfdruck schieße ich Schnellfeuerlaser auf ihn herab. Ich kann sehen, wie sein Schild an Kraft verliert. Er hat mit meinem Bruder gespielt und auf ihn geschossen. Er hat versucht, an unser Weibchen zu gelangen. Mein Angriff wird sich nicht in die Länge ziehen.

Ich richte meine Kanone aus und drücke ab.

Der Knall erschüttert das Land und bläst die Bäume zurück. Von Teik bleiben nur Spritzer übrig.

Als ich lande, habe ich die Luke bereits geöffnet. Ich verliere keine Zeit und laufe zu meinem Bruder und Allyson hinüber. Ihr Schrecken vermischt sich mit meinem eigenen. Keins Lebenskraft schwindet. Ich brauche nur seinen Schild zu berühren und er kollabiert. Die Weste auf seinem Rücken ist verbrannt. Ich fluche. Teik muss ihn überrumpelt haben.

Ich hebe die schlaffe Gestalt meines Bruders in meine Arme. Allyson krabbelt hilflos zurück.

„Ganz ruhig." *Ich bin es, Cal*, sage ich in Gedanken und frage mich, ob sie beschädigt wurde und weder sehen noch hören kann.

Verständnis und Unglaube machen sich auf ihrem Gesicht breit. Dann presst sie sich die Hand in einem Schluchzen der Erleichterung auf den Mund. „Cal?"

„Komm, wir müssen gehen."

Schwankend erhebt sie sich vom Boden und taumelt, wo sie steht. Ich hebe meinen Bruder über meine Schulter und schlinge einen Arm um sie, um sie abzustützen. Sie klammert sich an mich, während wir zurück zum Shuttle trotten.

Sobald wir an Bord angekommen sind, schließe ich die Luke und ziehe die Krankenliege und einen Scanner heraus. Ich öffne Keins Weste und sein T-Shirt und lege ihn hin.

Der Scanner, den ich über ihn laufen lasse, zeigt, dass er ein Kopftrauma hat, aber keine inneren Blutungen. Er zeigt auch keine äußeren Anzeichen eines Blutverlusts. Die

Untersuchung ergibt einen schwachen Herzschlag und ein beeinträchtigtes Atmungssystem.

„Wird er wieder gesund?" Allyson drückt Kein die Hand. Ich muss die aufgewühlten Emotionen verdrängen, die aus ihr herausströmen.

„Mit seiner Kybernetik stimmt etwas nicht", sage ich und drehe ihn auf den Bauch. „Sie sollte helfen, ihn wiederherzustellen."

Seine Systemanalyse zeigt auf dem Scanner keine Ergebnisse an. Das bedeutet, dass sein Signalprozessor und sein integrierter Schaltkreis ausgefallen sind. Seine gesamte Funktionalität wurde auf seine menschlichen Rezeptoren übertragen.

Ich verdränge meine Gedanken und verbinde mich mit dem Shuttle. Zuerst aktiviere ich den Tarnmodus und fahre unsere Schilde hoch, falls jemand auf die Idee kommt, hier nach uns zu suchen.

Vorsichtig ziehe ich die verkohlten Reste seiner Weste und seines T-Shirts weg. Mit ruhiger Hand mache ich einen Laserschnitt entlang Keins Wirbelsäule. Allyson gibt einen verzweifelten Laut von sich und schnappt nach Luft, als ich seine Haut zurückziehe und ein Gewirr von hauchdünnen Adern zum Vorschein kommt. Seine Kybernetik sollte blau leuchten, aber stattdessen ist sie stahlgrau.

Ich schließe ihn an ein Beatmungsgerät an und beginne mit der Reparatur und Dekompression seines zerquetschten Innenlebens. Allyson schwankt auf ihren Füßen und ich nicke in Richtung Matte. „Ruhe dich aus. Du stehst unter Schock."

Zitternd legt sie sich auf die Seite und rollt sich zu einer Kugel zusammen. Meine Instinkte schreien mich an, sie zu trösten und mich um sie zu kümmern. Aber ich ignoriere sie und konzentriere mich auf Kein. Alles, was ich für sie tun kann, ist, die Temperatur der Matte und des Shuttles zu erhöhen. Nach wenigen Augenblicken fällt sie in einen tiefen Schlaf.

Die Nacht breitet sich schon lang am Himmel aus, bevor seine Kybernetik schwach zu glühen beginnt und seine Lebenskraft erwacht. Sie nimmt zu. Erleichterung durchströmt mich und nimmt mir die Sorge, die ich mir während der Operation nicht erlaubt hatte. Ich versiegle seine Haut und suche in meinen Vorräten nach einer Infusion. Alles, was ich zur Hand habe, sind Nährstoffspritzen. Ich presse eine gegen seinen Arm und bleibe neben ihm stehen. Seine Haut ist immer noch blass, aber mehr kann ich nicht tun.

Als ich an Allysons Seite trete, bemerke ich ihre Verletzungen. Blut und Ruß bedecken ihre Beine. Ich verabreiche ihr eine Nährstoffspritze, bevor ich ein sterilisierendes Tuch herausnehme und anfange, sie abzuwischen. Sie zuckt kaum, so tief ist ihr Schlummer. Sie hat Kratzer an Armen und Beinen. Überall blaue Flecke und ein paar bösartige Bisswunden.

Ich greife nach dem Scanner und führe ihn über sie. Ich hoffe, dass sie keine Krankheiten hat. Sie rührt sich im Schlaf und stößt den Scanner weg, aber ich habe das Ergebnis bereits. Es geht ihr gut, ebenso wie dem Leben, das immer noch in ihr wächst.

Sie blinzelt zu mir auf, dann fällt ihr Blick auf die Krankenliege. „Kein?"

„Er lebt." Und für den Moment ist alles gut. Ich strecke mich neben ihr aus und sie schmiegt sich sofort an mich.

„Wir haben uns Sorgen um dich gemacht ... *Ich* habe mir Sorgen um dich gemacht." Ein Durcheinander aufgewühlter Emotionen, von denen ich einige nicht ganz verstehe, strahlt von ihr aus. Sie schlingt ihre Arme enger um mich und ich merke, dass sie weint.

Traurigkeit. Erleichterung. Dankbarkeit. Sorge. Sie vermischen sich in einer seltsamen Kombination. Ich weiß nicht, warum es sie zu Tränen rühren sollte.

Ich hebe ihr Kinn und wische mit einem Daumen über ihre feuchte Wange. „Warum machst du das?" Ich halte meinen nassen Daumen hoch, damit sie ihn begutachten kann. „Wir sind jetzt in Sicherheit."

„Sind wir das?", fragt sie mit leiser Stimme.

Die Frage ist berechtigt, aber ich möchte sie nicht beantworten. Unsere Sicherheit ist ein flüchtiges Gut des Augenblicks. Ich möchte ihr nicht sagen, dass wir in Sicherheit bleiben werden, denn das kann sich jeden Augenblick ändern. Wir werden gejagt werden. Unser Leben, das Leben unserer Kinder, könnte uns entrissen werden.

Ich drehe mich auf die Seite und lehne meine Stirn an ihre, bevor ich ihren Körper näher an meinen ziehe.

Eine seltsame Emotion strahlt von ihr aus und verwirrt mich. Einen Moment lang weiß ich nicht, was das tröstliche, süße Gefühl ist. Zuneigung. Könnte sie sie für mich empfinden?

Sie streichelt meine Wange und das Gefühl wird noch stärker.

„Du hast uns gerettet", sagt sie und streicht mit ihren weichen Fingerspitzen über meinen Kiefer, meine Nase und meine Lippen.

Kein war schon immer meine andere Hälfte. Ohne ihn würde ich aufhören zu existieren, aber als ich sie weggeschickt habe, wurde mir klar, dass auch sie ein Teil von mir ist. Ein Teil, den zu verlieren, mich zerstören würde. „Ihr beide seid mein Leben."

Ihr Puls beschleunigt sich bei meinen Worten und ich

lege meine Hand auf ihr Herz. Ich kann es schlagen spüren. Ihr Duft steigt mir in den Kopf und ich weiß, dass sie erregt ist. Wurde sie durch unsere Nähe oder von meinen Worten erregt?

Sie zieht mein Gesicht nach unten. Ihre Lippen treffen in einer sanften Liebkosung auf meine. Dann folgt ein weiterer, intensiverer Kuss. Ihr Geschmack, ihre üppige Gestalt, ihre Wärme und Zuneigung durchfluten mich und erwecken meinen Schwanz schmerzlich zum Leben.

Sie schiebt ihren Schenkel über meine Hüfte und rückt näher an mich heran. Ich drücke sie auf den Rücken und erhebe mich über sie. Sie reibt ihre heiße Muschi an meinem Bauch. Ich ziehe mich zurück, nur um mein T-Shirt über meinen Kopf zu ziehen. Ich will ihre Nässe auf meiner Haut spüren. Ich will, dass sie ihre Muschi an mir reibt.

Ich rutsche an ihrem Körper hinunter, aber sie hält mich auf. „Cal, nein. Was ist mit Kein?"

„Er ist noch zu schwach, um sich zu uns zu gesellen." Ich beiße und sauge an ihren Brustwarzen und genieße jeden stockenden Atemzug und jedes kehlige Wimmern, das ich ihr entlocke.

„Cal, nein", haucht sie und zieht an meinem Haar.

Ich erhebe mich und stütze mich über ihr ab. Ich knurre in ihr Gesicht wie das Tier, für das die Zapex mich hielten. So lässt sie mich fühlen. Ihr Atem ist ein warmer Hauch auf meinen Lippen. Sie versucht, verängstigt zurückzuweichen, aber der Duft ihrer erneuten Erregung verrät sie.

Sie genießt meine wilde Entfesselung.

„Du hast nicht das Recht, Nein zu mir zu sagen, meine kleine Gefährtin." Ich greife zwischen unseren Körpern hinunter, reibe ihr Gleitmittel über ihre Schamlippen und beobachte, wie sich ihre Augenlider senken. „Du darfst nicht Nein zu mir sagen, nachdem du mich tagelang geneckt hast." Sie runzelt die Stirn. „Das habe ich nicht." Sie keucht, als ich zwei Finger in ihre enge Hitze schiebe.

„Du projizierst schon seit mehreren Zyklen. Ich war allein in diesem Shuttle, als du anfingst, mir deine Emotionen zu senden." Ich umkreise ihre Klitoris mit meinem Daumen. „Ich spürte es jedes Mal, wenn dein kleiner Körper im Orgasmus für meinen Bruder bebte."

„Das wollte ich nicht. Ich wusste es nicht", keucht sie, als ihr Körper sich zusammenzieht.

„Deine Projektionen waren so klar, dass ich dich praktisch riechen konnte. Schmecken konnte."

„Bitte, Cal." Sie stemmt sich mir entgegen, sehnt sich nach mehr, und ich weiche zurück.

„Wirst du für mich beben, Kleines? Wirst du die Zyklen wiedergutmachen, die ich mit meiner Hand ertragen musste, während ich dich in Gedanken deine Lust herausschreien hörte?"

„*Ja*, bitte."

„Gut", hauche ich an ihren Lippen, erfülle jedoch ihr Begehren nicht.

Alarmiert reißt sie die Augen weit auf, als ich mich zurücklehne. „N-n-n-nein." Ein Schauer der Begierde durchfährt sie, als ihr der Orgasmus verweigert wird.

Ich verziehe die Lippen an ihrem Bauch zu einem Grinsen. „Das ist ein Anfang." Als ich an ihrem Oberschenkelansatz ankomme, atme ich ihren süßen Moschusduft, bis sie sich windet und mir einladend die Hüfte entgegenstreckt.

„Bitte, Cal."

Ihr geschwollenes Geschlecht bettelt um Aufmerksamkeit. Ich gebe ihr gern nach, verschlinge ihre Mitte und benetze meine Zunge mit ihrem Geschmack. Sie zerrt an meinem Haar, reitet auf meinem Gesicht und ich knurre in ihr Geschlecht, während ich die heiße Wärme ablecke, die aus ihr strömt.

Ihre Beine fangen an zu zittern und ich lächle an ihrem Geschlecht. „Fast."

Ich küsse mich an ihrem Körper hinauf. Sie umschließt mein Gesicht und stöhnt in meinen Mund. Ich schiebe meine Zunge tief hinein und lasse sie sich selbst auf mir schmecken.

Ohne mich von ihr zu lösen, greife ich nach oben an die vertäfelte Wand und ziehe die elektromagnetischen Fesseln heraus.

Ich habe eine ihrer Hände hinuntergedrückt und ihr Handgelenk an ihr Knie gefesselt, bevor sie meine Absichten erkennt.

Schmollend zerrt sie frustriert an den Fesseln, aber erneute Erregung strömt aus ihrer Muschi.

„Cal, mach mich los."

„Du bist nicht in der Position, Forderungen an mich zu stellen, meine Allyson." Ich spreize ihre Knie weit und streiche mit der Hand über ihre Schenkel.

Sie zittert. Sie ist so wunderschön. Errötet, ihre Brüste und ihr Geschlecht geschwollen und begierig.

Mein Lebensbringer pulsiert und verlangt nach Aufmerksamkeit. Ich drücke ihn fest zusammen und zähme mein Verlangen. Ich werde sie nicht nehmen, bevor ihr Bedürfnis, von mir ausgefüllt zu werden, fast schmerzhaft ist.

Bevor sie verrückt vor Verlangen geworden ist.

Ich ziehe an ihrer Taille und drehe sie sanft auf ihre Knie. Ihre Handgelenke sind an ihre Beine gebunden und ihr Hintern nach oben geneigt und zur Schau gestellt.

„Cal?"

„Willst du, dass ich dich jetzt losmache?" Nicht, dass ich sie losmachen würde. Ich genieße dieses Spiel, das sie so effektiv zu stimulieren scheint.

Sie schließt die Augen fest und schüttelt den Kopf. Nervös ballt sie die Finger und beißt sich auf die Lippe, bleibt aber stumm.

„Willst du mir nicht antworten?" Ich fahre mit meinen Händen an ihren Oberschenkeln hinauf und greife nach ihrem üppigen Hintern. „Ahnst du schon, was dir mit Gnade widerfahren wird, kleine Gefährtin?", frage ich und schlage auf ihre fleischige Rundung. Sie schnappt nach Luft und strampelt mit den Füßen. Ihre kleinen Zehen krümmen sich.

Meine Handfläche kribbelt und mein Handabdruck zeichnet sich deutlich auf ihrer nach oben gestreckten Pobacke ab. Primitive Befriedigung macht sich in meiner Brust breit, als ich mein Werk auf ihr sehe. Mit einem lauten Knall schlage ich auf die andere Seite.

Seidiger Nektar fließt aus ihr heraus und über ihre Klitoris. Sie wimmert, ihre Muskeln spannen sich an und entspannen sich wieder.

„Gefällt es dir, von meiner Hand gezeichnet zu werden?" Ich gebe ihrem Hintern einen warnenden Klaps. „Antworte mir, Allyson."

„J-Ja." Ihre Augen strahlen vor Verlangen.

„Wie lautet dein Name?" *Klatsch.* „Zu wem gehörst du?"

Meine Hand schwebt in der Luft, während ich ihre Antwort abwarte.

Sie schluckt schwer. „Ich bin All-Allyson von Cal und Kein." Ihre Stimme klingt sanft, als sie zu mir aufschaut. „Ich gehöre zu euch." Tränen laufen aus ihren Augen, aber ich rieche keine Verzweiflung. Nur Unterwerfung.

Es ist ein starkes Gefühl, ihre Unterwerfung. Es durchströmt mich, während ich ihr in einem schnellen Rhythmus den Hintern versohle, bis ihr Arsch rot glüht und Hitze ausstrahlt. Ihr keuchender Atem geht in Stöhnen und Schreie über.

Ich stehe auf und ziehe mir schnell die Hose und Stiefel aus. Mein Schwanz tropft bereits.

Ihre Schenkel zittern, als ich ihren Schlitz mit ihrem Nektar bestreiche. Ihr Inneres ist heiß und glitschig und genau der Ort, nach dem ich mich gesehnt habe.

Ich packe ihre Hüfte. „Ich werde dich jetzt ficken."

Ich beuge mich über sie und halte meinen Schwanz fest, während ich zwischen ihre Schamlippen stoße. Sie wimmert und windet sich, als ihre glitschige Hitze nachgibt und sich um mich herum ausdehnt, bis ich bis zum Anschlag in ihr stecke.

„Jetzt werde ich dich zum Beben bringen", sage ich rau an ihrem Ohr. Ich halte in ihr still und pulsiere, sehnsüchtig mich zu bewegen, in ihrer Weichheit. „Ich werde dich niemals gehen lassen." Ich grabe meine Finger in das Fleisch ihres Hinterns und halte sie fest, als ich hart in ihre Muschi stoße. „Bitte mich niemals, dich gehen zu lassen."

Ihre inneren Muskeln ziehen sich zusammen, als sie versucht, sich gegen mich zu stemmen, aber ich erlaube ihr nicht, sich zu bewegen. „Bitte, Cal. Bitte."

„Du gehörst mir. Sag es." Ich halte ihre Pobacken weit aufgespreizt und ziehe meinen Schwanz langsam aus ihr heraus, bevor ich wieder hart in sie eindringe.

Ihr Körper zuckt und sie krümmt den Rücken. Sie keucht, als ich wieder in sie stoße. Ein Schwall Hitze überzieht mich und lässt mich aufstöhnen.

„Ich gehöre dir." Ihre Stimme ist heiser, aber erfüllt von entschlossener Gewissheit. „Ich gehöre dir."

Bei ihren Worten reißt meine unsichtbare Fessel. Ich stoße in ihre Muschi, bis sie sich zusammenzieht und um mich herum krampft. Ich ignoriere die Anspannung in meiner Leiste. Das harte Pulsieren meines Knotens wächst, drückt gegen ihren sich zusammenziehenden Kanal und ich ficke sie weiter.

Ich greife zwischen ihre Beine, finde ihr Nervenbündel und reibe es zwischen zwei Fingerknöcheln.

Ekstase. Schmerz. Sie explodiert erneut. Ihr Mund öffnet sich zu einem stummen Schrei, ohne einen Ton zu machen, bis sie nach Luft schnappt.

Ich schmiege mich um sie und stöhne an ihrem Hals. Mein Schwanz wird noch härter, während mein Knoten so anschwillt, dass ich nichts anderes tun kann, als in ihr zu zucken, als meine Essenz in brennenden Sturzbächen aus mir herausschießt.

Ihr Körper zittert unkontrolliert unter mir.

Ich lächle an ihrem Hals.

Sie bebt.

Ich will ihre weichen Hände auf meiner Haut spüren und löse ihre Handgelenke von ihren Knien. Immer noch tief in ihr vergraben, hebe ich ihr Bein und drehe sie herum. Sie stöhnt und kichert über mein Manöver. Ich kneife die Augen zu, als ihre inneren Muskeln zucken und mehr Essenz aus mir herauspressen.

Fast seufze ich, als sie ihre Arme um mich schlingt und mit ihren Händen über meine Schultern und meinen Rücken streichelt.

Ich drücke sie an meine Brust und rolle mich mit ihr auf den Rücken. Mit ihren Händen streicht sie über meinen Oberkörper und zeichnet mit geschlossenen Augen Muster auf meine Haut.

Ich streiche ihr das Haar aus dem Gesicht, fahre mit

den Fingern durch die seidigen Strähnen und genieße ihr errötetes Gesicht.

Niemals, niemals werde ich sie gehen lassen.

Ich werde dich auch nie gehen lassen, antwortet sie mir in Gedanken und erinnert mich daran, wie tief wir jetzt miteinander verbunden sind.

Sie greift nach meiner Hand und küsst meine Handfläche, bevor sie ihre kleine Hand mit meiner verschränkt und sie mit einem zufriedenen Seufzer auf mein Herz legt.

Zuneigung.

Sie füllt meine Brust.

Es schmerzt.

Unerprobt und unbeholfen strömt sie schroff von mir aus.

Ihre gleitet über mich und glättet die harten Kanten.

Kapitel Zehn

ALLYSON

„Ist jetzt ein schlechter Zeitpunkt, um euch zu sagen, dass ich wach und jetzt steifer als ein *Hadhr*-Horn bin?“, beklagt sich Kein von der Krankenliege auf der anderen Seite des Raums. Seine Stimme klingt heiser und erschöpft.

Cals Brust vibriert bei seinem Glucksen unter meiner Wange. Ich habe befriedigt auf ihm gelegen. Ich habe ihn noch nie lachen gehört. Es klingt rostig und steif und wunderbar.

„Das hast du verdient, nachdem du dich hast in die Luft jagen lassen.“ Cals Worte sind spöttisch, aber seine Stimme ist rau.

Ich wimmere, als er sich von mir löst und aufsteht. Er zieht sich eine Hose an, bevor er zu seinem Bruder geht, ihn mit dem medizinischen Scanner untersucht und die Fesseln der Liege löst.

Cal knurrt und wirft mir einen Seitenblick zu, als ich mich säubere und sein abgelegtes T-Shirt anziehe. Ich bin mir nicht sicher, ob er dagegen protestiert, dass ich mich reinige oder bedecke.

Er tritt zum Bedienfeld hinüber, das aufleuchtet, als er anfängt, Karten von Planeten und Sonnensystemen aufzurufen, die in der Luft schweben und sich in die eine oder andere Richtung drehen, verschwinden und als neue Karten mit unbekannten Symbolen wieder auftauchen. Die ganze Zeit über drückt er hier und dort herum.

Auf wackligen Beinen gehe ich zu Kein hinüber. Er versucht, sich aufzurichten. Ich lege eine schützende Hand auf seine Schulter. „Nein, Großer. Du darfst noch nicht aufstehen."

Aus Protest schlingt er einen Arm um meine Taille, zieht mich an sich und scheint mich einfach nur in seiner Nähe zu brauchen. Ich akzeptiere es und spende ihm Trost. Er hätte fast sein Leben gegeben, um mich zu beschützen. Es erschüttert mich, wenn ich daran denke, wie nah er dem Tod gekommen ist.

Als Cal uns erreichte, war Kein aschfahl und leblos. Es erinnerte mich an meine Eltern bei ihrer Totenwache. Ihre wachsweichen Augenlider und schlaffen Lippen, die geschlossen waren. Ich umklammere Kein fester.

Ich streiche ihm mit den Händen durch die Haare, werfe einen ersten genaueren Blick auf seinen Rücken und schnappe überrascht nach Luft. „Du bist fast geheilt."

Die Stelle, an der Cal ihn aufschneiden musste, ist bereits versiegelt und lediglich eine dünne, weiße Narbe an seinem Rücken ist die einzige Erinnerung daran. Ich streiche mit den Fingern über die frische, glänzend blassrosa Haut, die vorher so schwarz wie Kohle war.

„Wenn wir richtig funktionieren, sind wir in der Lage, Dinge wie Haut sehr leicht zu regenerieren."

„Gibt es irgendetwas, was ein Monrok nicht kann?"

„Wir können Leben bringen, aber wir können es nicht austragen." Er legt seine Hand auf meinen Unterbauch. Sein Blick ist sanft und ich frage mich erneut, ob ich schwanger bin.

Mein Herz schlägt schneller und mein Magen verdreht sich mit einem Hauch von Panik und etwas, das unmöglich Jubel sein kann. Ich erschrecke, als Cal sich an meinen Rücken presst. Er legt seine Hände besitzergreifend auf meine Hüfte und vergräbt sein Gesicht an meinem Nacken. Ich zucke zusammen, als er an der Haut knabbert.

Trotz unserer kürzlichen Intimität fühle ich mich durch seine beiläufige Freizügigkeit ein wenig aus dem Gleichgewicht gebracht. Mein Puls tanzt bei seiner Aufmerksamkeit immer noch in schwindelerregendem Takt.

„Du beunruhigst unser Weibchen", beschwert Cal sich.

„Ich glaube, sie hat gerade gemerkt, dass sie schwanger ist."

„Sie wusste es nicht?"

„Ich wusste nicht, dass man es ihr sagen muss."

Hitze steigt an meinem Nacken auf und macht sich auf meinem Gesicht breit. Ich schätze, ich war die Letzte, die davon erfahren hat. „Könnt ihr beide aufhören, über mich zu sprechen, als wäre ich nicht hier?"

„Wir haben in deiner Sprache gesprochen", sagt Cal, als ob das alles besser machen würde.

„Jetzt bist du derjenige, der unser Weibchen verärgert", brummt Kein, als er sich schwach von der Matte hochstemmt. Mir fällt auf, dass er zwar viel besser aussieht, sich aber immer noch schwer gegen die schwebende Unterlage lehnt.

„Solltest du schon aufstehen?"

„Ich habe keine Lust, wie ein Invalide herumzuliegen."

Kopfschüttelnd schaue ich zu ihm auf. Sture Männer sind wirklich ein universelles Phänomen.

Eine Reihe von Schlägen gegen die Windschutzscheibe und über uns lässt mich zusammenzucken und Kein aufstöhnen. Diese verdammten Gremlins springen gegen das Shuttle, aber es muss ein Kraftfeld um sich haben, denn sie werden zurückgeschleudert. Ihr Brüllen und Knurren sind aus dem Inneren des Shuttles nur schwach zu hören, aber sie sind allzu vertraute Geräusche.

Kein streicht sich mit der Hand über das Gesicht und zieht eine Grimasse. „Lass uns endlich von diesem verdammten Planeten verschwinden."

Breite Schwebesitze mit voller Rückenlehne tauchen, ähnlich wie in unserem letzten Shuttle, aus dem Boden auf. Kein lässt sich schwer in einen davon fallen. Cal zieht mich auf seinen Schoß, als er sich in den anderen setzt. Kein nimmt automatisch meine Hand und verschränkt unsere Finger.

Das Shuttle hebt vom Boden ab und ich klammere mich an Cals Arm und an Keins Hand. „Wohin fliegen wir?"

„Irgendwohin, wo es viel besser ist als hier."

Bevor ich auf Cals Nicht-Antwort reagieren kann, schießen wir in Richtung Himmel. Es verschlägt mir so schnell den Atem, dass ich kaum Luft bekomme, um zu schreien.

Es gibt weder Schütteln noch Schaukeln noch Turbulenzen. Wir steigen wie ein Geschoss gerade auf, durchschlagen Wolken und Himmel, bis wir die Atmosphäre durchbrechen und in den konstanten Nachthimmel des Weltraums eintreten.

Der Druck verändert sich. Er wird leichter. Ich kann wieder atmen. Ich schnappe nach Luft und mein Herz trommelt schwer. Ich lockere meinen Griff um die Jungs und bemerke, dass meine Fingernägel Halbmonde auf Cals Arm hinterlassen haben.

„Von einem Planeten abzuheben, ist nicht dasselbe wie zu landen."

„Ich hätte dich stattdessen wieder auf meinem Schoß sitzen lassen können. Du hättest nur zu fragen brauchen." Kein setzt ein anzügliches Grinsen auf. Er führt meine Hand an seine Lippen und küsst meine Fingerknöchel sanft.

Die Geste ist so unschuldig und gleichzeitig auch nicht.

Mein Gesicht wird warm, als Hitze durch mich fließt und Cal mich interessiert anschaut. „Wir dürfen uns nicht paaren, bis wir an unserem Ziel angekommen sind." Mein Gesicht wird bei seiner Ermahnung rot, auch wenn Cal sie an seinen Bruder gerichtet hat. „Wir müssen auf der Hut sein. Wir wissen noch nicht, wie weit sich unsere Rebellion herumgesprochen hat."

„Wahrscheinlich wollen die Zapex nicht, dass es sich herumspricht."

Cal nickt einmal. „Deshalb haben wir eine Nachricht an die Galaktische Einheit geschickt, in der wir sie über unsere Unabhängigkeit informieren und um Nachsicht und Zuflucht bitten."

„Wir haben darum gebeten, dem Abkommen beizutreten?" Ich habe keine Ahnung, was die Galaktische Einheit oder das Abkommen ist, aber seinem ehrfürchtigen Tonfall und Cals feierlichem Nicken nach zu urteilen, ist dies eine große Sache.

Cal sieht aus, als wolle er noch etwas hinzufügen, aber er schweigt.

„Kaihan?", fragt Kein.

„Terminiert und zerstückelt." Ich schrecke auf, aber wenn ich daran denke, was Kaihan diesen Männern angetan hat, und was er mit den Menschen vorhatte, dann hat er dieses Ende wohl verdient. „Das Schiff wird zurzeit in seine Einzelteile zerlegt."

„Ortungssensoren?"

„Zerstört", antwortet Cal. „Ihr Übersetzer?"

Kein nickt und ich berühre die Narbe an meiner Schläfe.

So fahren sie mit ihrer einsilbigen Unterhaltung fort, die beweist, dass sie ihr ganzes Leben zusammen verbracht haben. Ich versuche, ihnen zu folgen, aber meine Gedanken schweifen ab und ich ignoriere die beiden Männer, während ich ins All hinausstarre. Vor uns gibt es keine Planeten oder Monde, sondern nur Sterne und einen dunklen, unendlichen Himmel.

Alles wird still und meine Gedanken wenden sich nach innen. Ich befinde mich in der bizarrsten und unorthodoxesten Beziehung, die ich je hatte. Ich werde von zwei Männern geteilt, und ich mag sie beide aufrichtig, trotz ihrer Eigenheiten. Oder vielleicht gerade deswegen.

Mein Gesicht wird heiß, wenn ich an ihre sexuell dominanten Neigungen denke. Sie sind ebenso zärtlich und liebevoll wie hart und fordernd. Kein spielt geistesabwesend mit meinen Fingern und lässt Strähnen meines Haars durch seine Hand gleiten. Cals besitzergreifende Hand auf meinem Unterleib erinnert mich daran, dass ich ein Kind von ihnen erwarte.

Einen Moment lang denke ich darüber nach, wessen Sperma die Eizelle gefunden hat, aber ich bezweifle, dass sie einen Unterschied machen würden, je nachdem, wer der biologische Vater des Kindes ist. Für sie sind sie ein Teil eines Ganzen und ich schätze, ich bin jetzt auch ein Teil davon. Der Wunsch, uns als Familie zu bezeichnen, steigt in mir auf.

Hauchdünne Hoffnungsschimmer schwirren durch meinen Kopf und kitzeln mich mit der Vorstellung, dass ich mich für Liebe und Glück entscheiden kann. Dass sie hier direkt vor meiner Nase liegen. Ich war so lange auf mich allein gestellt. Kann ich mir erlauben, es anzunehmen?

Mir wird bewusst, dass ich, obwohl ich mit meinem Leben zufrieden war, nie jemanden an mich herangelassen habe. Niemand hat mich geliebt, weil ich es nicht zulassen wollte. Weil ich Angst hatte, jemanden zu lieben und dann zu verlieren, so wie meine Eltern.

Ich bin mir nicht sicher, ob Cal und Kein mich lieben, aber kein Mann hat mir je ein Gefühl gegeben wie diese beiden. In jedem Moment, in dem wir zusammen sind, zeigen sie mir Aufmerksamkeit und sorgen sich um mein Wohlbefinden.

Liegt es nur daran, dass sie mich als ihre Gefährtin beansprucht haben? Nervöse Schmetterlinge flattern durch meinen Bauch. Vielleicht ist all ihre Aufmerksamkeit auf meine Neuheit zurückzuführen.

Verloren in meiner eigenen Welt denke ich mir beim Schweigen der Männer nichts, bis Kein Cal einen scharfen Blick zuwirft, bevor er seinen Blick abwendet, als ob sie miteinander kommunizieren würden. Dann erinnere ich mich, dass Cal meine Gedanken beantwortet hat.

Sie führen *tatsächlich* ein Gespräch.

Ein Teil von mir fühlt sich ausgeschlossen, aber sie sind schon so lange zusammen allein gewesen. Viel länger, als ich mit ihnen zusammen war. Auf diese Weise miteinander zu reden, ist für sie wahrscheinlich ganz natürlich.

Ich konzentriere mich auf die beiden und frage: *Können wir reden?* In meinem Bauch brennt eine Frage, die mich schon beim bloßen Gedanken daran erschaudern lässt.

Erschrocken starren mich beide Männer an.

Du kannst in Gedanken mit uns sprechen? Kannst du mich hören?, fragt Kein.

„Natürlich kann ich dich hören."

Kein und Cal tauschen über meinen Kopf hinweg einen Blick aus. Sie sind sich so ähnlich und doch in vielerlei Hinsicht anders für mich.

„Ich glaube, das liegt am Baby", sagt Cal und antwortet offensichtlich auf eine nicht ausgesprochene Frage von Kein. Ich frage mich, ob er vielleicht recht hat.

Aber wieso können sie mich dann *beide* hören? Wir werden es erst in neun Monaten mit Sicherheit wissen.

„Wir werden es erst nach der Geburt wissen." Kein spricht meinen Gedanken laut aus.

„Sollen wir versuchen, mit ihnen zu kommunizieren?", fragt Cal.

Kein schüttelt den Kopf. „Sie sind noch nicht entwickelt."

„Sie sind halb Monrok."

„Aber ohne Kybernetik."

„Das heißt aber nicht, dass die Embryonen einem archetypischen menschlichen Fötus nicht überlegen wären", argumentiert Cal arrogant.

Meine Welt steht still. Ich bin immer noch dabei, mich an den Gedanken von einem Baby zu gewöhnen. Ich brauche dieses Gerede über *sie* und *die* nicht.

„Dafür haben die Zapex zweifellos gesorgt", fährt Kein wie in Gedanken versunken fort. „Es ist wahrscheinlich, dass sie Zwillinge bekommt."

„Mit unserer Essenz ist es wahrscheinlich, dass sie Mehrlinge in sich trägt."

Verärgert rolle ich mit den Augen. „Hey." Ich winke mit der Hand und stoppe ihre Konversation. „Erinnert ihr euch noch an mich?" Es könnte eine Weile dauern, bis sie lernen, nicht über mich zu sprechen, als wäre ich nicht hier und noch länger, bis sie sich daran erinnern, mich in ihre Gespräche miteinzubeziehen.

„Ich möchte etwas mit euch besprechen, bei dem es nicht darum geht, dass ich ohne die Vorzüge eines Krankenhauses und Epiduralanästhesie Duplikate von euch beiden aus meiner Vagina pressen muss."

Als die ganze Aufmerksamkeit der beiden auf mich gerichtet ist, bin ich nervös und meine Worte stocken. „Ähm, diese Sache zwischen uns ... sie ist wirklich neu. Und wenn etwas so neu ist, sind die Leute überschwänglich." Ihre Augenbrauen zucken nach oben, als würden sie sich fragen, worauf ich hinauswill. Aber sie schweigen und lassen mich reden. „Ich bin also jetzt eure Gefährtin?"

Sie nicken.

„Nun, ich denke, das ist so ähnlich wie eine Ehe auf der Erde. Und auf der Erde lässt diese Neuheit manchmal nach. Das Paar wird einander überdrüssig und lässt sich dann scheiden. Aber wir sind nicht auf der Erde, wir sind im Weltraum. Und jetzt höre ich, dass ich vielleicht nicht nur ein Baby bekomme. Vielleicht bekomme ich sogar zwei." Jetzt schwafele ich und fange an zu schwitzen, also spreche ich es einfach aus. „Was passiert, wenn ihr mich satthabt?"

Kein verzieht das Gesicht zu einem fragenden Stirnrunzeln. „Warum sollten wir dich jemals satthaben?"

Cal schaut finster auf mich herab und schüttelt den Kopf. „Das verstehe ich nicht. Du bist unsere Gefährtin. Unser Leben ist vielleicht nicht sicher, aber wir werden alles tun, um dich und unsere Jungen zu schützen. Wir werden es nicht satthaben, das zu tun."

Was er sagt, vereinfacht alles und ich bin mir nicht sicher, ob sie meine Sorge verstehen. „Ich weiß, dass ihr mich beide beschützen werdet. Aber was ist mit Liebe?" Ängstlich und mit schwerem Herzen frage ich: „Glaubt ihr, dass ihr mich lieben werdet?"

Cals Gesicht verrät seine Überraschung. Er greift nach meiner Hand und führt sie an seine Brust. „Wir können deine Zuneigung spüren, kannst du unsere nicht fühlen? Ich brenne mit Zuneigung zu dir."

Kein streichelt mein Gesicht und beugt sich hinunter, bis seine Stirn an meiner ruht. „Wir wollen etwas von dem Leben, das uns genommen wurde. Du, meine *Zepka*, bist unsere Freude. Wenn das Liebe ist, haben wir sie."

„Und was ist, wenn die Babys kommen und ich Dehnungsstreifen habe und hormongesteuert und launisch bin und ...“

Kein unterbricht meine Tirade mit einem süßen Kuss. „Du wirst immer noch unsere sein."

„Du wirst lernen, nicht an uns zu zweifeln, Weibchen“, fügt Cal hinzu.

Mein Herz schlägt bei ihren Worten höher und verdrängt all die Sorgen, die ich an mir nagen ließ. Nichts ist sicher in unserem Leben. Das kann ich nicht ändern, aber ich kann glücklich sein und eine Familie haben, solange wir dazu in der Lage sind. Ich weiß in meinem Herzen, dass wir eine Familie sein werden, komme, was wolle, und ich kann nur hoffen und beten, dass wir einander immer haben werden.

Cals Herz schlägt an meinem Rücken und Keins an meiner Vorderseite. Ich spüre ihre Liebe. Ich bin von ihr umgeben.

Ich beiße mir auf die Lippe und frage mich, wie streng Cal die Regel sieht, sich während des Fluges nicht zu paaren. Ich lasse meine Hände über zwei Paar männliche Oberschenkel gleiten.

Kein lächelt verrucht. Cal zieht mich an meinen Haaren zurück. „Benimm dich, kleines menschliches Weibchen", haucht er mir an die Lippen. In seinen Augen funkelt es, als wolle er mich auffordern, die Regeln zu brechen, damit wir die Konsequenzen alle genießen können.

Ich war immer so ein braves Kind. Ich glaube, es wird mir Spaß machen, ungehorsam zu sein.

Epilog
Einen Monat später

Auf den Knien warte ich voller Vorfreude. Der Lederstreifen trifft erneut auf meinen Arsch und mein Geschlecht zieht sich zusammen. Ich kämpfe darum, meinen Kiefer entspannt um Keins Schwanz zu halten, der meinen Mund füllt.

Wir sind seit ein paar Wochen auf Kadeema und die Monrok auf diesem Planeten haben überall Sensoren installiert, die uns alarmieren, wann jemand in unseren Luftraum eindringt.

Als die Sensoren noch nicht installiert waren, durfte ich das Shuttle nicht verlassen, schon gar nicht allein. Aber ich wollte die Decken und Felle haben, also ging ich zu Hannahs Shuttlehütte, um sie zu holen. Sie ist die Frau, die in der Nacht unserer Flucht an der Shuttlerampe geweint hat. Ihre Gefährten Situs und Jual sind die inoffiziellen Ledergerber unserer kleinen Monrok-Gemeinschaft und die Hersteller des wunderbaren Bettzeugs, das wir in diesem Moment genießen.

Meine Männer waren nicht erfreut, als sie herausfanden, dass ich mich hinausgeschlichen hatte. Aber ich wusste vorher, dass dies der Fall sein würde. Deshalb habe ich es getan. Ich will meine neuen sexy Gefährten auf jede schmutzige Art und Weise genießen und ich habe keine Ahnung, wie viel Zeit mir noch bleibt, bevor ich nur noch herumwatscheln werde. Es ist noch so früh in meiner Schwangerschaft, dass man es noch nicht einmal sieht, und bis jetzt war mir an noch keinem einzigen Tag übel. Ich möchte jede Sekunde nutzen, die wir zusammen haben, bevor es zu unserer Realität wird, auf einem fremden Planeten Babys zu bekommen.

Jetzt knie ich auf unseren Schlafmatten und warte auf die Bestrafung, auf die ich mich schon so lange gefreut habe. Der berauschende Duft meiner neuen Lederkleidung erfüllt meine Sinne, während Cals neuer Lederriemen auf meinem geröteten Fleisch brennt.

Ich schreie um Keins Schwanz herum auf.

„Pass auf, dass du nicht beißt, *Zepka*."

Ich sauge gierig, bis er aus tiefster Kehle stöhnt. Feuchtigkeit sprudelt aus mir, als der nächste Schlag meinen Arsch trifft. Er streicht mir das Haar aus dem Gesicht, um meinen Ausdruck zu sehen und meine Bewegungen zu lenken.

„Ich glaube, wir gestalten deine Bestrafungen zu angenehm, meine Allyson", sagt Cal. In seiner Stimme liegt ein Lächeln und ich weiß, dass er sie genauso angenehm findet wie ich.

Ich wackle mit meinem Hintern.

Cal lässt sich hinter mir auf die Knie senken und ich genieße das Gefühl seines harten Körpers an meinem. Er packt meinen geröteten Hintern, bevor er mit der flachen Hand darauf schlägt. Tränen brennen in meinen Augen und ich zucke und zapple über Keins Schwanz.

Glucksend hält er mich fest. Der starke neue Schmerz und die Erinnerung an meine Bewegungsunfähigkeit lassen meine Klitoris vor Verlangen pulsieren.

Die Männer mussten in Schichten arbeiten, um Wache zu stehen und die Sicherheitstunnel zu graben. Ich bin entweder mit dem einen oder dem anderen zusammen. Dies ist das erste Mal seit unserer Landung, dass wir die Gelegenheit bekommen, zu dritt zusammen intim zu sein. Und ich glaube, ich weiß, was sie geplant haben. Beide Männer haben mich vorbereitet. Sie haben mich gedehnt.

Ein vertrauter Geruch liegt in der Luft, als Kein mich langsam auf seinem Schwanz auf und ab gleiten lässt. Das *Nhu*-Öl aus dem *Bak*.

„Hast du dich auch danach gesehnt, so wie ich?" Cals Stimme neckt mich verrucht und er zieht meine wunden Pobacken auseinander, um mein Loch zu entblößen. Er lässt seine öligen Finger kreisen. Dann zieht er sie zurück.

Ich stöhnte an Keins Schwanz und zittere vor Nervosität, selbst während mich die Vorfreude verzehrt. Ja, ich habe mich nach diesem Moment gesehnt. Dass sie mich beide ausfüllen.

Kein schwillt unter meiner Zunge an und ich sauge fester. Ich weiß, dass er kurz davorsteht. Er zieht mich an den Haaren hoch und lacht. „Dieses Mal wird es mein Mund sein, der dich zum Sprudeln bringt, Kleines." Er gleitet mit den Händen an meinen Seiten entlang und lässt mich an seiner Brust hinaufgleiten, während er sich zurücklehnt, bis ich die Beine über seinen Schultern spreize.

Cal drückt mich zwischen den Schulterblättern mit der Hand nach unten, während Kein mich nach vorne zieht, bis mein Geschlecht auf seinen Mund drückt. Er leckt mich mit der Zunge, während ich wieder einmal aufgespreizt werde. Finger umkreisen mein Poloch und stoßen hinein, bevor sie wieder herausgezogen werden. Stück für Stück werde ich weiter gedehnt. Vorbereitet, während der Druck, der sich in meiner Klitoris aufbaut, meinen Geist benebelt.

Kein saugt und knabbert an mir, überall, nur nicht dort, und zieht die Spannung in die Länge.

„Bitte", bettle ich.

„Bitte, was?", fragt Cal.

„Ich brauche euch", keuche ich. „Ich brauche euch beide. In mir."

Cals Schwanz hinterlässt eine heiße, klebrige Spur auf meinem Oberschenkel, als er mich zurückzieht. Mein Geschlecht fühlt sich durch den Verlust von Keins warmem Mund plötzlich beraubt. Eine hohle Sehnsucht macht sich in mir breit. Es will gefüllt werden.

Kein hält seinen Schwanz aufrecht, während Cal mich auf ihn hinunterdrückt. Sobald er tief in mir steckt, packt er meine Hüfte und stößt in mich hinein. Mit einem atemlosen Schrei reibe ich mich an ihm und stehe so kurz vor dem Orgasmus. Meine inneren Muskeln zucken und ich bin fast so weit.

„Noch nicht." Cal hebt mich hoch. Ich schreie auf, weil mir mein Orgasmus erneut entrissen wird. Er drückt mich auf die harte Brust seines Bruders und hebt meinen Hintern in die Luft. Sein glitschiger Schwanz gleitet mit einem aufreizend langsamen Stoß in meine feuchte Muschi. „Unanständige Gefährtinnen müssen auf ihr Vergnügen warten."

Kein greift nach meinen Händen und zieht sie hinter meinen Kopf. Fesseln schlingen sich um meine Handgelenke, während er mit den Händen über meine Arme hinunter und an meinen Seiten hinaufstreicht. Er hält zwischen uns inne und quält meine Brustwarzen, indem er sie zwickt. Ich wimmere und werde um Cals Schwanz noch nasser.

Abwechselnd ficken sie mich mit neckenden Stößen, bis ich vor Verlangen zittere und schreie.

Mir stockt der Atem, als die nasse Eichel von Cals Schwanz gegen mein Poloch stößt und durch meinen engen Schließmuskel drückt, während er meine Pobacken mit seinen großen Händen weit aufspreizt. Hände auf meinem Rücken und an meiner Hüfte halten mich an Ort und Stelle fest, sodass ich weder nach vorn noch wegzucken kann. Die Dehnung ist gewaltig und brennt, auch wenn das Öl und meine eigene natürliche Feuchtigkeit sein Eindringen erleichtern. Zentimeter für Zentimeter stößt er vor und hört nicht auf, bis seine Oberschenkel an die Rückseite meiner Beine klatschen.

Gespalten beginne ich zu zittern, als die brennende Dehnung sich in ein warmes Pulsieren verwandelt. Keins dicke Länge drückt gegen meinen feuchten Schlitz wie eine pochende Erinnerung.

Ich ziehe mich fest um Cals Schwanz zusammen, als er herausgeleitet, bis nur noch die Spitze in mir steckt. „Entspanne dich", krächzt er, während er mir einen Klaps auf die Hüfte gibt.

Und ich versuche es, aber es ist schwer. Vor allem, als Kein seine Hüfte zurückzieht und seinen Schwanz nach vorn drängt, um in mich einzudringen.

Ich keuche und schnaufe. Es ist zu viel. Ich bin übervoll und werde weiter gedehnt als je zuvor.

Eine zärtliche Hand streicht über meine Wange und hebt mein Kinn. „Meine *Zepka*. Lass uns rein." Keins beständiger Blick beruhigt mich und meine Panik lässt augenblicklich nach. Meine inneren Muskeln entspannen sich.

Sie stoßen gleichzeitig hinein und ich bin wie neugeboren. Sie finden einen Rhythmus – wenn der eine eindringt, zieht der andere sich zurück, bis sie sich synchronisieren, beide in mich stoßen, mich füllen und entleeren, wieder und immer wieder.

Ich werde von Empfindungen überschwemmt und vibriere jetzt praktisch mit dem Bedürfnis, loszulassen, anstatt in Panik zu verfallen. Ich brauche sie, ich brauche mehr. Ich bin so nah dran.

Finger greifen zwischen die Körper und reiben über meine Klitoris, während sie in mich stoßen.

Mit einem gebrochenen Schrei explodiert mein Körper, zersplittert in eine Million Stücke, als sie in mich rammen. Ihre Knoten schwellen an. Cal zuckt heraus, während Kein mich weiter unvorstellbar dehnt. Wärme spritzt über meinen Rücken und meine Schenkel. Sie füllt mich und strömt heraus, während ich zusammenzucke und zu einem weiteren zittrigen Orgasmus komme, der mir das letzte Fünkchen Kraft raubt, das mir noch geblieben war.

Schlaff liege ich auf Kein. Sein gleichmäßiger Herzschlag dröhnt an meinem Ohr. Sanfte Hände säubern mich und befreien meine Handgelenke.

Immer noch in mir dreht Kein uns auf die Seite. Eine Decke wird über uns gelegt. Cals Wärme gesellt sich zu uns und schmiegt sich an meinen Rücken. Hände streicheln mich. Lippen küssen meinen Mund, mein Gesicht und meine Schultern. Cals feuchter Schwanz stößt an meinen geschwollenen Eingang. Ich wimmere, als er mich noch einmal füllt, aber er bewegt sich nicht, und Kein auch nicht.

Befriedigt und erfüllt von meinen Männern schlafe ich im Gewirr der Gliedmaßen ein. Ich bin von meiner neuen Familie umgeben, in meinem neuen Zuhause, in meiner neuen Welt, und mehr als zufrieden.

Glücklich.

ENDE

Bücher von Aubrey Cara

Dirty Daddys-Reihe
Bettle für Daddy (Buch 1)
Weine für Daddy (Buch 2)
Daddys Büro-Versuchung (Buch 3)
In Daddys Schuld (Buch 4)

Monrok-Krieger-Reihe
Ihren Menschen stehlen

Über die Autorin

USA Today-Bestsellerautorin Aubrey Cara mag es süß und dreckig. In Bezug auf Liebesromane, versteht sich. Sie liebt es, über die versaute, sexy Art der Liebe zu schreiben, die so selten und schön ist wie ein Vierfarben-Mistelfresser.

Sie lebt mit ihrem gartenverrückten Ehemann, einem allwissenden Teenager und einem Hund, der einfach nur die Nachbarn anbellen möchte, in den USA.

Mehr von Aubrey Cara findest du unter aubrey-cara.com

www.ingramcontent.com/pod-product-compliance
Lightning Source LLC
Chambersburg PA
CBHW030430120726
47903CB00003B/892